COLÔNIAS GALÁCTICAS

Aldo Fernandez

SINOPSE

A TECNOLOGIA EVOLUI, AS PESSOAS NÃO.

Com um estilo baseado nos clássicos de Ficção Científica das décadas de 70 e 80, porém com uma nova visão, leve toque de crítica cultural e um humor ácido (e um tanto *non-sense*).

Colônias Galácticas imagina um mundo onde a raça humana está iniciando a colonização espacial, com uma visão realista, nem utópica, nem distópica. Neste cenário, os habitantes da Terra se mostram extremamente entusiasmados com suas primeiras colônias no espaço, embora este entusiasmo não seja de todo compartilhado por aqueles que realmente vão viver em mundos totalmente hostis a vida humana.

Grandes empresários e comerciantes, que buscariam multiplicar suas fortunas empreendendo a exploração de recursos destes outros mundos, usariam parte de seus lucros astronômicos para construir mansões onde a tecnologia lhes permitiriam viver com todo o conforto e luxo que teriam na própria Terra. Mas, por mais inacreditável que isto possa parecer, os super ricos são (sempre foram e o serão por todo o sempre) uma minoria insignificante da população humana, assim a maior parte dos

colonizadores se veriam expostos a uma série de dificuldades e privações.
Situação ainda mais agravada para um incontável contingente de exilados, banidos da Terra e jogados nas colônias em Marte ou Júpiter por pertencerem ao lado errado da última Grande Guerra (ou seja, o lado que foi derrotado).

Sobre este plano de fundo, acompanha-se a protagonista da história, uma jovem duquesa de uma nova aristocracia, recriada por um governo unificado de toda a Terra. Ela se torna voluntária em uma nobre missão para aumentar o angariamento de fundos para financiar as pesquisas de um instituto científico que "busca desenvolver melhorarias nas técnicas de exploração e colonização espaciais". Porém as coisas não saem como planejado e ela acaba acompanhando um grupo de exilados em uma fuga pelo espaço; se envolvendo nas gananciosas artimanhas de homens poderosos, cujos planos vão infinitamente além do que deixam parecer...

ÍNDICE

CAPÍTULO 1

    - Há cerca de quatro anos, - um cientista magro, de pele morena e cabelos negros, explicava para a pequena plateia que assistia a seu seminário – recebemos os informes de escavação da empresa do senhor Mallus-Bernard, declarando terem encontrado um grande afloramento de kernita, em uma das minas do Vale Marineris sob sua concessão. Uma segunda jazida fora achada no ano passado e, segundo me informaram, já teriam localizado, também, uma suposta terceira. Tais achados nos comprovam que, no passado, realmente houve água em Marte. Como a maioria aqui sabe, porém, explicarei para os presentes que não estão familiarizados com a mineralogia: a kernita é um mineral da família dos boratos, que são, em resumo, sais que se formam a partir da evaporação de meios aquosos nos quais estariam dissolvidos, em depositários chamados de evaporitos. Sendo a comprovação definitiva de que houve água em estado líquido em Marte, esta é, sem dúvida, a maior descoberta desde que iniciamos o estabelecimento de colônias espaciais, já a quase um século. Porém, podemos estar certos de que descobertas ainda maiores estão por vir. Descobertas estas que, certamente, beneficiarão toda a humanidade de forma inimaginável...

Terminada a apresentação, o jovem cientista se reuniu com diversos de seus espectadores para cumprimentos e conversas mais detalhadas, ao que uma moça de pele clara, cabelos loiros levemente encaracolados e olhos azuis de um tom claríssimo, se aproximou dele. Ao perceber a aproximação da jovem, ele se volta para ela, demonstrando reconhecê-la, e exclama:

- Oh, duquesa Karine, é uma honra que tenha comparecido a esta simplória apresentação!

- Não menospreze o seu trabalho, doutor Gollstën, a honra de estar aqui é minha. Afinal, estou buscando saber tudo o que posso sobre o que tem ocorrido em Marte.

- Ah sim, a sua eleição como embaixadora. – o cientista comenta, enquanto gesticula com as mãos, como que se despedindo, e se desvincilhando, dos demais que lhe solicitavam atenção, se pondo ao lado da duquesa para caminhar com ela ao longo do salão, que era de uma brancura impressionante, por entre as rodas de conversa em que os convidados haviam se organizado em torno das imagens e amostras que estavam espalhadas pela área daquela pequena exposição. – Você não imagina o quanto a invejo, dedico a minha vida a ler e pesquisar os informes que chegam das colônias, formulando, com estes dados, dezenas de teses, mas, cada vez mais, sinto que nunca terei a oportunidade de participar de uma viagem até elas e ver com meus próprios olhos a fundação de nosso império galáctico...

- Não pense assim doutor, também não acreditava que teria uma oportunidade destas, e, então, sem aviso prévio, me chega a carta de indicação. Pode ter certeza que, se tiver a oportunidade de indicar alguém, o seu nome será o primeiro em minha mente; pois suas publicações e as mensagens que trocamos, são de longe a maior fonte de informações que tive. Por isso mesmo, ao saber de sua palestra nesta exposição, fiz de tudo para comparecer.

- Fico muito grato em contribuir para esta sua missão, e ainda mais pela estima que me demonstra. Tenho certeza que o Instituto escolheu a pessoa certa. Você é bonita, culta e extremamente persuasiva, se você não puder convencer estes empresários a ampliar a doação de fundos para nossas pesquisas, não imagino quem o conseguiria. - o jovem doutor comenta jocosamente – Mas realmente, estes empresários precisam compreender que é do interesse de todos os avanços de nossas pesquisas, mas sem o apoio da iniciativa privada, descobertas cruciais são retrasadas. Agora, deixando um pouco estes pontos burocráticos de lado, me diga, como estão os preparativos para a viagem?

- Bem, ao que sei, já está tudo preparado e pronto. Apenas aguardam o momento em que os planetas estarão mais próximos para a partida...

- Ah, sim, o perigeu de Marte no final deste mês, o aguardam para que a viagem seja mais curta. - o jovem intelectual a completa, educadamente.

- Sim, isso mesmo. A partida está programada para a quarta-feira, fora esta semana, na outra.

- Então, você ainda estará na "Terra" para as comemorações deste final de semana, o dia memorial pela vitória na guerra. Eu assistirei as homenagens promovidas pelo Ministério, ficaria muito feliz se aceitasse o convite para me acompanhar, realmente gostaria de prolongar nossa conversa. O que me diz?

- Bom, não tenho nada planejado para este fim de semana, então o seu convite é muito bem-vindo...

CAPÍTULO 2

Um alarme tocava estridentemente, ecoando pelo quarto ainda escuro e despertando o rapaz que estava na cama. Ao despertar, o rapaz, de pele pálida e cabelos negros, lisos e desarrumados, passou a mão em um sensor na parede, onde a cabeceira da cama estava encostada. As luzes se acenderam, revelando o aposento simplório, com poucos móveis (apenas a cama, uma pequena mesinha ao seu lado e uma cômoda) e absolutamente nenhuma decoração. O alarme continuou soando, até ele pegar uma barra de material semitransparente, que estava sobre a mesinha, e desdobrá-la, revelando um ponto luminoso piscando. Ao tocá-lo, projetou-se no aparelho uma tela mostrando o rosto de um homem, iniciando uma videochamada:

- Bom dia, Anton, houve um incidente na mina 5-11C, precisamos de todos os operadores de máquinas no local de imediato. Por isso estou lhe pedindo para entrar antes do seu turno hoje. Como disse, precisamos que todos os operadores de máquinas venham imediatamente.

- Tudo bem, – o rapaz respondeu, ainda com voz rouca e sonolenta e os olhos semifechados – já estou indo...

- Ficamos no aguardo. – o homem na tela se despediu e desligou.

O rapaz se levantou e se dirigiu até um cômodo seguinte, ao passar pelos batentes da porta, um sensor o detectou e abriu as persianas do aposento, revelando este ser um banheiro.

- É... o céu já está vermelho. - ele comentou consigo mesmo, em um tom desanimado, após se inclinar de diferentes maneiras, buscando o ângulo certo de olhar, através das janelas hermeticamente fechadas, que lhe permitia enxergar por cima das paredes do desfiladeiro e ver a tonalidade avermelhada do céu marciano.

Ele tirou a blusa de seu "pijama", feita de tecido bem grosso, e estendeu a mão para dentro do box, tocando o sensor que ligaria a ducha. Porém, apenas o que se ouviu foi o decepcionante som de ar saindo do chuveiro, seguido do silêncio de canos vazios.

- Sem água de novo... - ele tornou a comentar consigo mesmo, num tom que mesclava desapontamento e conformidade, indicando que aquela situação não era nenhuma anormalidade em sua rotina.

Ele retornou ao quarto, passou um desodorante aerossol, trocou de roupa e saiu do minúsculo apartamento. Seguindo pelo corredor, passou pela porta do elevador fechada e com o aviso, visivelmente envelhecido e desgastado pelo tempo, de "Em Manutenção" e seguiu na direção das escadas, ele morava no quinto andar de um pequeno bloco residencial. Chegando a "rua", uma via estreita e abarrotada de gente, onde uma sequência de blocos de apartamentos populares, idênticos ao que ele havia acabado de sair, parecia se replicar infinitamente ao longo de sua margem direita. A colônia era construída, quase que esculpida, nas paredes do enorme desfiladeiro. Ao olhar para cima se podia ver algumas das construções dos níveis superiores, visivelmente melhor construídas e estruturadas, e uma infinidade de cabos, antenas, hastes e outras estruturas feitas de metal. Um painel transparente, mantido no alto por um arco em forma de trapézio, que mostrava as horas, 11:20 da manhã da sexta-feira 15 de agosto, teve os números do relógio substituído pela imagem de uma mulher, feita em computação gráfica. Ela era a reprodução de uma jornalista lendo um informe, que dizia: "A camada iônica do setor 99-D apresentou um defeito recentemente. Transportes para área foram cancelados e uma equipe de manutenção foi enviada para o local. Às pessoas que estejam no setor, orientamos que não saiam das construções e evitem a todo custo ambientes abertos, ainda não há informações sobre os motivos da falha ou casos de cidadãos afetados diretamente."

Anton seguiu pela via, tomando cuidado para não esbarrar nas pessoas de aspecto apático que vinham na direção oposta, ou mesmo as que o passavam no mesmo sentido; até que uma voz fraca, falhada e rouca, pôde ser discernida em meio aos muitos murmúrios que destoavam ao seu redor:

- Pamagitie mnie pajaluysta?

Ele desacelerou o passo e olhou ao redor, buscando quem falava, mas não foi capaz de distinguir ninguém na multidão. O apelo, nas mesmas palavras e com a mesma voz e tom, tornou a ser ouvido. Ele parou e começou a buscar com mais atenção, porém apenas localizou a origem do pedido de ajuda ao localizar dois guardas que diziam a uma idosa maltrapilha:

- Senhora você conhece as leis, é proibido mendigar nas áreas residenciais, busque um abrigo popular ou zonas públicas, você não pode ficar aqui!

- Izvinytie, ya vas nie... - a mulher tentou se explicar, porém, os guardas, mal entendendo o que ela dizia, ignoraram, e insistiram para que ela se retirasse imediatamente.

Anton admirou a cena por alguns instantes, como que refletindo sobre a situação (e se deveria ou não fazer algo), porém sua atenção seria tomada por outra voz gritando do meio da multidão:

- Klás! Hei, Klás, aqui! Sou eu, aqui!

Ele se virou para o lado em que era chamado, se deparando com outro jovem, de baixa estatura e um pouco mais encorpado, vindo em sua direção, com dificuldade para se desvincilhar das muitas pessoas cruzando o caminho que os separavam. Anton tornaria a olhar na direção da senhora e dos guardas, porém, a multidão já os ocultara novamente. Nisto, o outro jovem chegou até ele e se pôs a falar, tomando sua atenção:

- Hei, Klás, ouviu sobre o acidente na nova mina? Parece que foi feio, estão convocando todos! Está indo pra lá também?

- É, o senhor Marques me chamou... - ele respondeu distraidamente, tornando a olhar na direção em que estava a senhora, mas já não havia ninguém ali, nem ela, nem os guardas.

- Então, está indo à estação? Pegar o monotrilho das onze e meia? Se for, temos que nos apressar!

- Sim, sim, vamos... - Anton "Klás" voltou a si e seguiu com o companheiro de trabalho pela via, rumo a estação.

CAPÍTULO 3

Dois finais de semana depois; Karine despertou em sua cama, já com o dia claro e próximo da hora do almoço. Sentindo uma forte dor de cabeça, sintoma de ressaca. Ela se sentou com as mãos na cabeça, tentando amenizar a enxaqueca, depois passou os dedos ao longo dos cabelos, buscando arrumá-los um pouco. Voltando-se, novamente, para a cama, ela encarou o jovem cientista com o qual havia ido ver as celebrações do "dia memorial pela vitória na guerra", deitado, ainda adormecido, sem camisa e virado para o outro lado. Por fim, ela se levantou e atravessou seu grande quarto. Este se mostrava pintado de uma mescla de cores claras e vivas, com diversas fotos e quadros pendurados pelas paredes, além diversos enfeites e ornamentos por sobre os móveis. A larga cama estava paralela a enorme janela, cuja claridade atravessava finas cortinas de renda; e defronte a um guarda-roupas, que ocupava toda a parede. Ela seguiu até o banheiro, adjunto ao quarto, para tomar um banho.

Após o banho, ao retornar para o quarto, ela se deparou com o jovem, agora sentado em sua cama, se espreguiçando, o qual lhe recebeu com um "bom dia", dito com um tom levemente insinuante na voz, ao que ela lhe respondeu asperamente:

- Se já acordou, pode se vestir e ir...

- Nossa, se sou tão desagradável assim, - ele respondeu ironicamente – porque repetiu a dose comigo este final de semana?

- Ah, não é nada com você, tá... é só a minha cabeça... está me matando... agora preciso de um tempo pra mim... pra me recuperar...

- Que bom que não sou eu... - ele falava enquanto pegava sua camisa do chão e começava a vesti-la – É esta semana a sua viagem, não é? Sabe, estes dias têm sido tão agradáveis que até pensaria em esperar você voltar...

- É não foram de todo ruim... Posso até considerar namorar menos... - Karine rebateu cinicamente.

- Não creio que me preocuparia com isso... Duvido encontrar alguém que lhe interesse em Marte. Só o que encontrará por lá serão exilados miseráveis e alguns velhotes carrancudos, que possuem a beleza inversamente proporcional a riqueza...

- Não espero mesmo encontrar mais que isso, mas nunca se sabe não é... Além disso serão mais de duas semanas de viagem, e haverão muitas outras pessoas na nave, passageiros, oficiais... - ela dizia desbocadamente, enquanto se sentava em uma cadeira, de costas para seu acompanhante, e começava a escovar os cabelos com uma escova giratória automática.

- Hum, sei... Vai me mandar as fotos que prometeu? - ele buscou desconversar.

- Sim, pode aguardar, vou enviá-las desde a base de lançamento. A estação espacial, a chegada no planeta, tudo. Vai ser como se você estivesse fazendo a viagem.

Após a conversa, enquanto ela terminava de escovar os cabelos, o jovem apanhou o pequeno aparelho de material transparente, que estava sobre um criado ao lado da cama, e o desdobrou, ligando-o. Uma pequena tela luminosa apareceu em sua superfície, a qual ele tocou algumas vezes, ativando alguma funcionalidade do aparelho. Depois, voltou a dobrá-lo, apagando-o, e o guardou em um bolso de sua calça que tinha o formato e tamanho exatos para comportar tal aparelho. Os dois sairam do quarto e seguiram pelo corredor até um lance de escadas, o qual desceram até um pequeno *hall*, onde se via a porta de saída. Eles se despediram, ele tentou dar um beijo de despedida, mas ela simplesmente lhe virou o rosto, mantendo uma expressão de indiferença.

Após a partida de seu "amigo", Karine seguiu para a cozinha, para tomar um "café da manhã". Abrindo a geladeira, apanhou uma das muitas bandejas plásticas que enchiam o eletrodoméstico, retirando o rótulo que a tampava e a colocando dentro de um pequeno forno próximo. Uma tela se iluminou no painel do segundo aparelho, ao qual ela aproximou o código gráfico impresso na embalagem que havia retirado da bandeja. O código foi reconhecido pelo sensor do forno, dando início ao programa de preparo do alimento. Ao que Karine sentou-se, sozinha, à cabeceira da longa mesa de madeira polimerizada, contornada por diversas cadeiras bem ornamentadas e feitas do mesmo material, que tomava a maior parte de sua sala de jantar.

Do lado de fora da casa, o jovem ficou aguardando, como que esperando por algo. Alguns minutos depois, um veículo de coloração azul-claro, com detalhes prateados, estilo baixo e *design* de curvas muito suaves, despontou junto ao portão e permaneceu imóvel defronte ele. Na sala de jantar, um suave sinal sonoro chamou a atenção de Karine, que pegou o pequeno aparelho transparente que estava em seu bolso. Ao desdobrá-lo, ela viu, na tela que surgira em sua superfície, um informe de seu portão de entrada sobre o carro ali parado.

- Ah, o carro dele já chegou. – ela mencionou consigo mesma, enquanto tocava no comando de liberar aceso na tela.

Do lado de fora, o portão se abriu, permitindo a entrada do veículo, que seguiu pelo caminho do jardim até a porta da mansão, onde o jovem o aguardava. O veículo estacionou de forma a deixá-lo de frente à porta, a qual se abre lenta e silenciosamente, fazendo uma curva para cima e para trás, mantendo-se o tempo todo junto a lateral do carro, e revelando o amplo interior do mesmo. O jovem adentrou ao carro, que começou a manobrar e saiu do terreno da mansão, passando pelo portão, que abrira e fechara automaticamente para permitir sua passagem. Dentro da mansão, Karine ainda olhava a tela de seu aparelho portátil, onde uma caixa de texto solicitava sua decisão com a pergunta "Deseja adicionar exceção na segurança de acesso à casa para este veículo?". Após pensar por alguns poucos segundos, ela respondeu ao aparelho um "não", o que muda a tela, passando a mostrar o informe "Exceção de segurança para acesso NEGADA". Ela dobrou e guardou o pequeno aparelho e voltou sua atenção a um outro alerta sonoro, este emitido pelo forno, indicando que a sua refeição estava pronta.

O resto daquele dia, e também o seguinte, passaram rápido, com algumas ligações, a maioria daquele jovem cientista, ignoradas por Karine, mas sem grandes feitos. Ele acabou por se contentar ao receber uma ou outra mensagem escrita por ela (na verdade, gerada automaticamente por seu aplicativo de caixa postal), justificando sua falta de atenção por estar ocupada com os preparativos da viagem, ou estudando. Embora os preparativos da viagem já estivessem todos arrumados, por uma equipe de profissionais contratados para pensar e aprontar tudo o que ela precisaria no translado e estadia. Além de que o histórico de seu dispositivo de mídia apresentava várias horas seguidas de reprodução de séries e filmes, e nem uma sequer de qualquer documentário. Seja como for, o dia da tão aguardada viagem estava chegando.

CAPÍTULO 4

Com auxílio do despertador, Karine acordou cedo. Ela não se apreçou, nem precisou conferir os preparativos da viagem, tudo já havia sido despachado no dia anterior e, provavelmente, já lhe aguardaria no depósito de bagagem da aeronave em que embarcaria em algumas horas. Após se levantar, ela se banhou e desceu até sua sala de jantar, onde tomou um desjejum, que seria outra das bandejas de refeições prontas que eram preparadas automaticamente em seu forno de cozimento pré-programado.

Após o café da manhã, ela retornou ao quarto, onde passou a se arrumar calma e dedicadamente. Não era sua primeira viagem diplomática, embora seria a mais importante até então, e ela sabia que, como uma embaixadora, mesmo o simples translado poderia ter alguma cobertura. Consequentemente, poderia ser usada publicitariamente, ou, pelo menos, para enriquecer seu currículo e, quem sabe, até mesmo ajudá-la a desenvolver uma carreira política. De forma que era necessário se preocupar em causar a melhor impressão possível a todos e a todo momento. "Apenas quem é visto é lembrado", ela repetia para si mesma, quase como uma prece ou um mantra, enquanto retocava a maquiagem em torno dos olhos, se encarando em um grande espelho de seu quarto.

Considerando-se bonita o bastante para encarar o mundo, ela desceu até a garagem, onde lhe aguardava seu veículo, um utilitário de cor branca que lembraria uma minivan, porém com *design* bem mais arrojado e elegante. Ao se aproximar e parar diante dele por um segundo, sua porta se abriu automaticamente, revelando o amplo espaço interno. Ela adentrou o veículo e se assentou, sensores no interior do veículo a identificaram e o banco, automaticamente, tomou formas mais ergonômicas, configuradas para o usuário "Karine". O painel, que era completamente liso, sem absolutamente nenhum comando, e no mesmo tom de branco que o restante do veículo, se acendeu em alguns mostradores e o computador de bordo, com uma voz masculina clara e agradável, a recepcionou:

- Bom dia, Karine.

Ao que ela respondeu também com um "bom dia", de forma cortês, o que fez o computador continuar com sua programação de interação humana:

- A previsão de hoje é que teremos um dia de céu claro e limpo, com temperatura amena e agradável. Você gostaria que eu abrisse o teto solar?

- Não, obrigado.

- OK. Diga-me, para onde iremos hoje?

- Para o centro de lançamentos Beltran & Smith, por favor.

Um som quase imperceptível de carregamento soou rapidamente, o qual foi logo substituído por outro, que soava continuamente e era igualmente pouco audível, o motor estava ligado. O painel passou a mostrar o velocímetro e um indicador de bateria. A porta da garagem se abriu automaticamente ao detectar o veículo ligado. Enquanto o carro iniciava seu movimento para fora da garagem, Karine colocou um par de óculos projetores e mexeu em seu dispositivo portátil, conectando-o a rede de mídia. Ela buscava os arquivos de uma série de filmes fictícios, produzidos na época em que ainda se realizaram as primeiras explorações espaciais, que imaginavam um universo onde naves espacias, que mais pareciam com aviões e navios, viajavam e combatiam pelo cosmo da mesma forma que aviões e navios faziam dentro da atmosfera de nosso planeta; onde seres humanos interagiam com estranhas criaturas extraterrestres em mundos inventados que eram tão diferentes da Terra quando estereótipos fazem parecer que a Arábia é da América. Achados tais filmes, ela acionou o *play* para assisti-los durante a viagem.

Enquanto ela permanecia dentro do veículo, alienada a tudo em seu entorno, este se deslocava graciosamente. Saindo de sua propriedade, seguiu por uma das ruas daquela área residencial, que era margeada por mansões, todas elas tão, ou até mesmo mais, imponentes quanto aquela da qual havia acabado de cruzar os portões. O veículo logo deixou o nobre residencial e se aproximou de um cruzamento com um grande viaduto, sobre o qual estava uma rodovia de múltiplas faixas. Na confluência da rua com o viaduto, em sua lateral direita, se levantava uma grande placa com o aviso: "RODOVIA DE CONDUÇÃO AUTÔNOMA – PROIBIDO O TRÂNSITO DE VEÍCULOS DE CONDUÇÃO HUMANA", embora Karine, entretida em assistir os filmes antigos que tanto lhe agradavam, não se apercebeu. Na verdade, ela não perceberia qualquer coisa em seus arredores.

Na rodovia, automaticamente e simultaneamente, duas faixas de veículos, tiveram sua velocidade diminuída levemente, o que abriu um espaço na via que permitiu ao carro de Karine adentrá-la, sem a necessidade de parar ou diminuir no cruzamento. Após se posicionar na segunda faixa a partir da margem direita, os veículos afetados, assim como o da jovem duquesa, tiveram suas velocidades normalizadas e as fileiras de carros continuaram prosseguindo em perfeita sincronia.

O carro de Karine se posicionou entre outros dois, embora ela não se atentasse a nada além das imagens projetadas nas lentes de seus óculos, podia-se, através das janelas de seu veículo, ver perfeitamente o que se passava nos demais. No carro da direita, seguia um rapaz bem vestido e com um longa e bem aprumada barba, o qual possuía instalado em seu banco um *gadget* que lhe penteava os cabelos, ele também usava óculos projetores. Em suas lentes, se podia ver que ele assistia a desenhos animados bem infantis, que provavelmente eram o motivo pelo qual ele seguia viagem com um sorriso abobalhado estampado na face. Já no carro da esquerda, seguia um outro homem, acompanhado de uma menina, provavelmente pai e filha, ambos com óculos projetores. O homem, trajando um terno fino, assistia a conteúdos pornográficos, enquanto a menina a seu lado, usando o que parecia ser o uniforme de algum colégio muito caro, seguia conversando com um rapaz numa videochamada. Os três veículos seguiam paralelamente, sem que os ocupantes de nenhum deles se inteirasse dos demais, como se repetia em toda a longa extensão daquela visualmente interminável via. Cada indivíduo, em cada um dos incontáveis veículos, parecia estar em um mundo próprio, em um universo particular, mesmo os que dividiam o espaço físico do carro com outra pessoa. Não percebiam quando seus veículos reduziam, para permitir que outro mudasse de faixa ou mesmo deixasse a rodovia, nem quando, após estes movimentos, retornavam a velocidade regular de viagem. Na verdade, a maioria daqueles viajantes estavam tão inertes em suas distrações alienantes que nem sequer se davam conta que estavam em movimento. Muito menos seriam capazes de perceber que fora daquele viaduto, que sempre se apresentava a todos eles em perfeitas condições de tráfego, havia antigas estradas marginais, cujo asfalto estava desgastado pelo abandono. Vias marginais onde uma multidão ainda maior de pessoas, não tão bem sucedidas quanto eles, tentavam singrar as mesmas distâncias e percursos conduzindo obsoletos veículos, muitos dos quais ainda possuía motores movidos pela queima de combustíveis líquidos. Gerando um trânsito caótico e propenso a acidentes e percalços oriundos de falhas humanas, muitas das quais se davam, justamente, porque alguns deles insistiam em tentar usar óculos projetores enquanto dirigiam.

CAPÍTULO 5

Após certo tempo de viagem pela larga rodovia, o veículo de Karine acendeu seus sinalizadores luminosos, de uma coloração amarelada, do lado esquerdo, em suas duas extremidades. Ainda que isto fosse apenas um efeito visual, pois um transmissor já havia informado a rota que o veículo executaria ao servidor central que administrava aquela rodovia. Desta forma, a informação que ela deixaria a via naquele momento já estava sendo transmitida para os demais veículos que seguiam na mesma faixa, e na da esquerda, que ela precisaria cruzar. Assim, todos os carros que seriam afetados por tal movimento, tiveram uma diminuição simultânea de velocidade, abrindo caminho para o veículo da jovem mudar de faixa no momento necessário para pegar a próxima saída do viaduto. Karine deixou a rodovia e entrou em uma via marginal, na qual seguiria até o enorme centro de lançamentos, enquanto os demais veículos, que continuaram no viaduto, foram restabelecendo a velocidade.

O veículo de Karine, continuando seu trajeto pré-programado, chegou a entrada do centro de lançamento. O carro manobrou e estacionou em uma das vagas de estacionamento do local. Um aviso foi enviado ao dispositivo portátil da jovem, informando que ela havia chegado ao destino. Ela, então, desconectou os óculos projetores, e se voltou para a tela surgida no pequeno aparelho. Esta lhe apresentava um informe, cuja voz de seu computador de bordo lhe narrou: "Foram descontados de sua conta bancária o valor de 372 créditos e 86 cêntimos, relativos as taxas de uso das vias de autocondução. Você gostaria de ver seu extrato bancário?" Karine respondeu o comando de "Não, obrigado" e o informe se fechou, enquanto a porta do veículo se abriu automaticamente. Ela deixou o carro olhando para o pequeno aparelho, que agora lhe apresentava uma nova mensagem, solicitando-lhe uma nova resposta: "Você deseja que seu veículo seja conduzido automaticamente de volta à sua garagem pelo valor de 196 créditos e 22 cêntimos? Você também pode optar por deixá-lo esperando nesta vaga de estacionamento, pagando o valor de 5 créditos por hora, ou 80 créditos por dia de espera. Lembrando que se você optar por mandá-lo retornar a garagem e solicitar que ele venha lhe buscar, neste mesmo ponto, após o período mínimo de uma semana, você não pagará a viagem. O que você prefere?" Karine escolheu: "Retorne para minha garagem, por favor." Diante do comando, o carro se fechou, manobrou de forma a deixar a vaga de estacionamento e seguiu em seu retorno automático à garagem de onde havia saído.

Enquanto caminhava para uma das portas de entrada do centro, ela passou perto de um homem que estava parado ao lado de seu carro, na vaga de estacionamento logo após na qual ela havia descido. O veículo era de um modelo bem menos elegante que o dela e o homem aparentava estar bem transtornado ao ouvir seu computador de bordo, falando-lhe através de seu dispositivo portátil. A mensagem que Karine, e qualquer outra pessoa por perto, conseguiu escutar em parte era: "...você não possui créditos suficientes em sua conta bancária para efetuar esta viagem. Por favor, efetue uma transferência de créditos para sua conta ou selecione um novo destino." Irritado, o homem esbravejou contra o pequeno aparelho:

- Eu deveria poder acionar os comandos manuais e sair dirigindo eu mesmo!

Ao que o computador lhe respondeu com a calma e a indiferença de uma voz automata: "A condução manual é broqueada nesta zona. Você gostaria de calcular a rota até a área mais próxima onde a condução humana é permitida?" Ao que o homem soltou um suspiro bem descontente. Karine, por sua vez, continuou em seu caminho, de forma que não pôde acompanhar qual seria o desfecho da desventura daquele cidadão.

O interior do centro de lançamento parecia um verdadeiro *shopping*. Estava repleto de lojas e quiosques de todo o tipo de mercadorias e serviços, além de uma infinidade de monitores mostrando horários de voos e lançamentos com seus diferentes destinos ou simples propagandas, das mais variadas imagináveis. Também havia uma legião de promotores espalhados pelos corredores, oferecendo amostras dos mais diversos produtos. Karine negou as amostras grátis de uma nova bebida energética, que se vangloriava de ser completamente livre de agentes cancerígenos, e de um *shake*, que prometia eliminar uma quantidade considerável de gordura corporal durante o tempo de uma viagem a Júpiter. Tais amostras lhe foram oferecidos por promotoras bem jovens e com roupas bem curtas e "chamativas". Enquanto negava uma destas amostras, chegou a dar uma olhada de relance para uma mesa ignorada num dos cruzamentos de corredores. Nela, três pessoas tentavam, inutilmente, chamar a atenção das que passavam para sua causa: exigir que o governo tornasse a permitir confissões públicas de alguma antiga religião. Enquanto seguia para a área de embarques, ela passou por perto de um dos muitos monitores, escutando a sua propaganda: "... saiu a nova atualização de *firmware* para os autofornos ASNA. Com esta *upgrade*, seu autoforno terá acesso a um novo banco de dados e estará apto para reconhecer e preparar mais de 5000 refeições diferentes. Não deixe seu forno desatualizado, retribua o tanto que ele torna sua vida mais prática, compre já esta nova atualização, aproveitando o preço promocional de lançamento...". O caminho que a jovem seguia também a fez passar perto de uma bancada, próximo a entrada de uma farmácia. Ali, uma promotora, que mais parecia uma modelo, explicava simpaticamente a algumas mulheres, que demonstravam real interesse, o funcionamento de seu produto. Ela dizia: "... ele vem com este cinto ajustável, que posiciona o refil recipiente de forma correta para o uso, assim não precisamos mais nos preocupar se estamos na posição certa. Então é só tomarmos a pílula, e o aborto ocorre em no máximo quinze minutos. É realmente sem dor alguma, eu garanto, pois, eu mesma já testei. Após o feto ser liberado no refil recipiente, é só soltá-lo do encaixe no cinto, que ele fecha automaticamente; e o fechamento é a vácuo, de forma que podemos descartá-lo no lixo comum, sem nos preocuparmos com sujeira ou mau cheiro..."

Por fim ela se aproximou da área de embarque, onde reconheceu um homem que estava ali, parado, olhando para o movimento das pessoas em seu entorno.

- Chanceler Quintine! - ela o chamou.

- Oh, duquesa, que bom que já chegou! - o homem a recepcionou, voltando-se para ela e abrindo um largo sorriso.

O chanceler Quintine Nubaco era o que os mais educados chamariam de um "jovem ancião". Um eufemismo para dizer que ele já era um idoso, embora ainda resguardasse algo de jovial. Era magro e alto, com uma calva que lhe ia até a metade de sua cabeça, contornada por cabelos brancos, tendo também alva a barba, longa, porém bem cuidada, que lhe contornava o rosto. A pele, amorenada, apresentava pouquíssimas manchas senis. Apresentando-se também com um nariz grande e olhos fundos. A natureza não havia lhe dado as feições mais agradáveis, porém, ele era todo um político e sabia ser tão agradável quando suas intenções tornassem necessário. Na realidade, ele era um político fraco e quase que insignificante na hierarquia do governo, mas seu *marketing* pessoal era capaz de convencer quem quer que fosse que ele era muito mais forte e importante do que realmente seria. De fato, quanto jovem, o chanceler havia sido um grande publicitário, e seus muitos diplomas na área de propaganda e *marketing* lhe serviram para calcar a carreira politica muito melhor do que as formações em Direito e/ou Administração que a maioria dos políticos apresentavam.

- Você chegou cedo - ele continuou. – Mas, creio que já podemos tomar nossos acentos, caso queira é claro.

CAPÍTULO 6

Karine, acompanhada pelo chanceler, seguiu até o portão de embarque. Passando pelas amplas janelas que davam para as pistas de decolagem, eles puderam ver a nave que os conduziriam até fora da atmosfera. Tinha o formado geral de um aeroplano supersônico, porém era bem maior, mais robusta, visualmente mais potente e resistente, e possuía, destacando-se em sua traseira, grandes turbinas. Destacava-se facilmente dos aviões normais com os quais dividia a área de decolagem. Ao ver a nave, Karine apanhou seu pequeno aparelho portátil e pediu ao chanceler que a esperasse um minuto. Abrindo o aparelho e selecionando a opção câmera, ela tirou diversas fotos da nave, enviando para um contato salvo na agenda do dispositivo.

- Prometi que enviaria fotos de toda a viagem para um amigo. - ela se justificou ao chanceler, que se limitou a sorrir em resposta, enquanto a esperava terminar de enviar as fotos recém-tiradas.

Não demorou muito para os dois adentrarem a nave, após validarem, através de seus aparelhos portáteis, os seus "tíquetes virtuais" com uma comissária no portão de entrada. Dentro da nave, que realmente lembrava um avião, com fileiras de assentos bem espaçados uns dos outros, e depois de mais algumas fotos, agora mostrando aquele interior, os dois companheiros de viagem localizaram seus lugares e, assentando, passaram a esperar a autorização de decolagem.

- Ansiosa para sua primeira viagem para fora do planeta? - Quintine tentou iniciar um diálogo com a jovem, ele era politico demais para conversas pessoais, mas se esforçava.

- Acho que não há como não estar, não é mesmo? - Karine respondeu com um sorriso forçoso, ela também não era boa em conversar, ao menos, é claro, que houvessem interesses pessoais em tal.

- Sim, imagino como deva estar. Lembro de como foi a primeira vez que fiz uma destas viagens, não era muito mais velho que você. Se me permitir lhe dar um conselho, não se entregue a ansiedade, é uma viagem muito longa. - ele falou, dando uma grande ênfase no "muito longa".

- Bem, para isto serve a rede de mídia. Acho que terei tempo de sobra de assistir a todos os filmes que ainda não vi, e rever uns tantos outros.

- Sim, com certeza. Terá, e com sobra para fazer outras muitas coisas mais. Principalmente após este primeiro translado, até a estação espacial, se não me engano, iremos para a Styli Fixi, onde acoplaremos na verdadeira espaçonave... Então, mesmo a mais de cento e cinquenta mil quilômetros por hora, serão mais de duas semanas de viagem. - Quintine informou, se esforçando para assumir um ar de jovialidade e simpatia.

- Acoplar? Isto quer dizer que não desembarcaremos na estação?

- Exatamente. Este é o mesmo veículo suborbital com o qual desceremos em Marte. Ele se acoplará diretamente a nave interplanetária, seguirá com ela e, após a viagem, tornará a se desacoplar, descendo a algum porto no Vale Marineris, onde você iniciará seu trabalho como embaixadora. Para economizar tempo, agora a maioria das viagens são feitas assim. Não se preocupe, creio que poderemos ver a estação através da janela, – ele falou comicamente enquanto apontava para a pequena lacuna transparente na lateral do casco, ao lado do acento de Karine, através da qual, naquele momento, se via o prédio do centro de lançamento – caso planeje tirar mais fotos para o seu amigo.

Não muito tempo depois, a grande nave começou a taxiar até a pista de decolagem, a percorreu, ganhando velocidade exponencialmente, até levantar do solo. Para os que assistissem a decolagem do lado de fora, sentiriam o chão tremer enquanto veriam um espetáculo assustadoramente ruidoso. Porém, dentro do veículo, as blindagens acústicas e estabilizadores giroscópicos sob o casco faziam com que os passageiros não notassem qualquer movimento e lhes permitia conversar sem nenhum molestamento. Mesmo as pessoas nos prédios do centro de lançamento não ouviram ou sentiram qualquer coisa referente a decolagem, pois aquelas construções dispunham das mesmas proteções para não permitir aos seus frequentadores nem o mais mínimo incômodo. A mesma sorte não poderiam esperar ter alguns desafortunados (em todos os sentidos da palavra) que moravam a "apenas" algumas tantas centenas de quilômetros do centro de lançamentos. Mesmo com as naves passando a uma dezena de quilômetros acima de suas moradias, a estrondosa potência dos voos para fora da atmosfera era o suficiente para lhes fazer tremer as casas de simplória alvenaria do século XXI. Além de lhes perturbar a audição, ao ponto de impossibilitar qualquer conversa entre eles.

Ainda que seus passageiros fossem incapazes de perceber, em questão de poucos minutos, a nave já havia acelerado a mais de novecentos quilômetros por hora. Seguindo com esta velocidade média, em uma ascensão suave, até ultrapassar cerca de cem mil metros de altitude, o que se daria em mais um pouco de tempo. Chegando a este ponto, a totalidade das turbinas seriam ativadas, na potência máxima, iniciando outra aceleração exponencial e uma elevação em um ângulo bem mais agudo. Tudo facilmente ignorado pelos passageiros confortavelmente acomodados em seu interior. Cerca de meia hora depois da decolagem, a nave já estaria fora da atmosfera, passando a usar apenas suas turbinas auxiliares para manobrar e se pôr na mesma órbita da estação espacial para a qual seguia. Por um bom tempo, os passageiros puderam se admirar do espetáculo de ver, de um lado, a incomparável beleza azul do lar, ou, como alguns preferiam dizer, da "sede", da civilização humana, e do outro a imensidão interminável das estrelas. Porém, em menos de quatro horas de voo (segundo o informe do capitão, passado aos passageiros e tripulantes, teriam sido exatas três horas e quarenta e nove minutos de viagem desde a decolagem), a nave já se aproximava da enorme estrutura da Estação Espacial Styli Fixi, que orbitava o planeta a mais de quinhentos quilômetros de sua superfície (o que não corresponderia nem mesmo a 0,001% da jornada que Karine estava iniciando).

CAPÍTULO 7

As estruturas da estação espacial lembravam formas desenhadas por algum artista abstrato e pareciam constituir uma fortaleza no céu. Enquanto se aproximavam, Karine tirou algumas fotos através da janela da nave, enquanto ouvia o chanceler Quintine encarnar um professor de história:

- Esta estação é uma das mais antigas, foi originalmente construída pelos russos. Se não me engano, em um dos lados dela, ainda se vê o brasão da águia de duas cabeças frenteada pelo escudo de São Jorge. Eles a chamavam Tsar Nicolau I. Porém, após a guerra, quando todas as estações passaram ao controle da União, a renomearam para algo mais internacional...

Parada ao lado da estação, sendo abastecida por grandes braços mecânicos, estava a nave interplanetária, de dimensões tão impressionantes que faziam superestimar a capacidade criativa do ser humano. De forma geral, aquela nave lembraria uma enorme caixa, com diversos painéis e sensores espalhados por suas laterais, colossais turbinas em sua parte traseira e a frente com um formado um pouco mais arredondado. Aquele titã da engenharia espacial havia sido construído inteiramente no espaço, para viver somente nele. Jamais entraria ou sairia da atmosfera de qualquer planeta, jamais precisaria se preocupar com decolagens ou aterrissagens, não necessitando de formas aerodinâmicas, ou de dispositivos de pouso, ou proteções para reentrada. Tudo o que precisava era ser grande e resistente, com motores potentes o suficiente para percorrer dezenas de milhões de quilômetros no vácuo sideral em questão de dias ou semanas. Além de depósitos de combustível capazes de armazenar a quantia necessária para isto (o que por si só já justificaria o "ser grande").

O módulo que havia decolado da Terra logo se posicionou ao lado da grande nave e adentrou em um compartimento que se abrira nela. Com a primeira nave, que agora parecia "pequena", pousada no interior da segunda, terminara uma etapa da viagem. Porém, os passageiros ainda teriam que aguardar sentados em seus assentos até que as enormes comportas do "hangar" se lacrassem, todo o recinto fosse pressurizado e recebesse a atmosfera artificial necessária para que pessoas pudessem sobreviver nele. Após estes procedimentos, os passageiros e tripulantes foram liberados para seguirem para a segunda nave.

Guiada pelo chanceler, Karine seguiu pela nave até a área das cabines, que se mostrava bem vazia. Caminhando como que conhecendo aqueles corredores e caminhos de forma decorada, Quintine lia alguns informes em seu dispositivo portátil, que apresentava uma tela bem maior que o da jovem.

- Oh, não, mas que droga! – ele reclamou após ler um determinado informe. Questionado do ocorrido por Karine, ele lhe informou: - Um voo vindo de Caiena, destinado também a esta viagem, teve um atraso na decolagem. Teremos que esperá-los... As previsões do atraso variam entre um mínimo de seis horas até o máximo de dois dias. Bem, pelo menos temos a vantagem de viajarmos em nome do Instituto e financiados pelo governo da União, o que nos permitirá esperar este atraso no conforto de cabines privativas de primeira classe. - ele completou a fala assumindo um tom de voz bem mais cordial e apontando para as duas próximas portas do corredor, uma defronte a outra, que apresentavam os números de cabine indicados em seus tíquetes virtuais.

- É, menos mal... - Karine respondeu, enquanto apanhava seu aparelho para ver ela mesma os informes relativos a viagem, não escondendo estar contrariada – Mas é realmente um saco ter que aguentar este atraso por causa da falta de estrutura destas bases obsoletas... Até os Separatistas tinham bons centros de lançamento!

- Não é exatamente assim, duquesa. Eu já estive na América do Sul. Estive a convide do grão-duque Schmidt Buenaga, que na época era presidente do Brasil; ali, visitei o Centro de

Lançamentos Thomas Shannon; se não me engano, ele fica numa cidade chamada "Saint Louis", ou algo do tipo. Era uma excelente base, uma das melhores que já vi, muito bem planejada e posicionada. Era, por falta de palavra melhor, simplesmente perfeita para lançamentos espaciais. Realmente não duvido que o mesmo se passe com a base em Caiena. O problema são as populações de miseráveis destas zonas, o que acaba exigindo dos governantes muitos gastos com programas sociais e coisas do tipo, atrapalhando os investimentos em infraestrutura...

- É, isto é realmente lastimável... - Karine respondeu, buscando por um tom mais politico na voz, enquanto navegava por diversos informes a respeito da viagem e também do que ocorria em Marte – Hei, você sabe do que se trata isto? - ela muda de assunto, mostrando em seu aparelho uma notícia com anuncio de recompensa pela captura ou informações que levassem a prisão de alguns "rebelados" em Marte.

- Ah, isto foi um caso ocorrido a alguns dias em uma das minas, por coincidência, do senhor Mallus-Bernard; um grupo de mineiros começou um protesto, supostamente pedindo por melhores condições de trabalho, após um acidente onde alguns deles acabaram se ferindo. Porém, quando representantes da diretoria da mineradora foram negociar com os manifestantes, estes os atacaram. Acho que pensavam que podiam tomar a mina e ficar com ela para eles, pobres iludidos. Chegaram inclusive a matar um dos negociadores, se eu não me engano, e deixaram outros bem machucados. Estes, anunciados como "procurados", devem ser os que foram identificados como líderes desta rebelião. Você não precisa se preocupar, até chegarmos lá, as autoridades já terão tido tempo de encontrá-los e levá-los a justiça. Ainda mais com este atraso...

- Bem, de qualquer forma, teremos que esperar mesmo, então irei a minha cabine, verificar se minhas coisas foram trazidas a bordo corretamente. Até mais tarde, Chanceler.

Quintine respondeu a despedida da jovem e, após ela, também tomou o caminho de sua cabine. Ambos se fecham atrás de suas respectivas portas para aguardar o real início da viagem. Ao adentrar a cabine, Karine ainda visualizava a notícia sobre os foragidos procurados, chegando ao último da lista, pelo qual se prometia a recompensa de dez mil créditos; e que se tratava de Anton "Klás".

CAPÍTULO 8

- Hei, Klás! - uma voz chamava. – Vamos, Klás, acorde!

O rapaz despertou em um leito improvisado, acordou assustado e olhou indagante para o companheiro que o chamava. Estavam em uma ampla galeria de manutenção, repleta de tubulações, válvulas, painéis e mesas de controle. Deveria ser o sistema de controle atmosférico, ou talvez o de reciclagem de água, ou talvez os dois em uma forma integrada, ele não sabia ao certo, e nem possuía tempo ou curiosidade suficientes para buscar tal informação.

- Hã!? O que foi? - Anton questionou com voz lerda, após se assentar em sua "cama" e enquanto esfregava os olhos com as mãos.

- Ficamos sabendo que já pararam de te procurar na 29-B, e nas demais colônias da área. Eles chegaram a conclusão de que você não está escondido lá e estão enviando os soldados para procurar nas outras colônias. Isso significa que está na hora de voltar para a casa.

- Voltar!? - ele questionou, enquanto verificava o rosto com a mão, sentindo o pinicar de diversos pelos esparsos, que cresciam de forma irregular, da barba por fazer.

- Sim, um Maglev parará na estação hoje, está levando uma carga de gelo para abastecimento de água e tem como destino final a 29-D. Conseguimos lugar para alguns "clandestinos" a bordo dele. É um transporte de fornecimento, entrar numa colônia através dele será imperceptível, e uma vez na D, será fácil chegar até a A. Como chegaram a conclusão de que você já não está mais lá, que fugiu para outra parte e saíram em sua busca, será o último lugar onde estarão lhe procurando.

- Bom, então vamos. - Anton respondeu, com bem menos confiança do que deveria, já estando de pé e terminando de se espreguiçar.

Os dois seguiram pelo corredor da galeria, era um lugar abafado e quente. Para os padrões de alguém acostumado ao clima da Terra, aquele local seria considerado, no máximo, morno. Porém, para os que haviam se aclimatado a Marte, ali se sentia o prazeroso calor de uma sauna, mesmo que a temperatura que emanava das tubulações não chegasse a ser suficiente para tornar a água em vapor.

- Marcus e Ivana irão lhe acompanhar, para garantir que tudo saia bem. - o rapaz falava com Anton, enquanto caminhavam, seguindo uns passos à sua frente, e voltando o rosto para trás vez e outra para garantir que este continuava a segui-lo – Ficarão na casa de Ivan Vitorinievitch. Ele é um pouco problemático... Mas, é um bom homem. Não se dixe levar pelo que ele aparenta e nem leve a sério tudo o que ele diz. Ele é impulsivo, de gênio forte e exagera muito na bebida. Fala bem mais do que devia, embora, na maioria das vezes, mal dá para entender o que ele fala, e não sabe identificar as horas que seria melhor se calar.

- Marcus... está falando do Plyat? - Anton questionou após passar um tempo em que parecia remoer as informações em sua cabeça, tentando fazer a ligação do nome a alguma pessoa.

- Sim, ele mesmo. Algum problema? - O rapaz perguntou, parando a caminhada e se voltando ao que o seguia.

- Ele é casado e tem filhos, não é?

- Sim. Esposa e um menino de, se não me engano, uns quatro ou cinco anos. Também o questionei a este respeito, mas ele se ofereceu, e depois insistiu, para acompanhá-lo... - Percebendo o tom de preocupação no olhar de Anton, o rapaz desconversou para um "Vamos", se virou e continuou a caminhada, agora em um constrangido silêncio.

Pelos corredores daquela galeria viam-se outras pessoas. Na sua maioria, eram desabrigados maltrapilhos, vários deles aparentando também estarem adoecidos, que buscavam abrigo ali. Alguns deles cumprimentavam os dois rapazes que passavam por eles, nem que fosse com um simples gesto de cabeça e alguma expressão monossilábica difícil de compreender. Haviam, também, uns que dormiam, ou tentavam, em leitos improvisados entre os tubos e canos, e ainda outros que se mostravam mergulhados em tal nível de apatia que não esboçavam reação alguma ao que quer que ocorresse em suas proximidades. Atravessados alguns metros daquele cenário deprimente, próximo do que parecia ser a comporta que dava para fora da galeria, os rapazes se encontraram com os outros dois indivíduos. Marcus era um homem jovem, de pele morena e bom porte físico, tinha a cabeça raspada e a face, que de certo modo parecia achatada, em uma expressão séria, porém com um olhar bondoso nos olhos levemente amendoados. Sua pele provavelmente deveria ter sido mais escura, mas a vida em Marte a fez esbranquiçar em alguns tons, de uma forma que não parecia ser totalmente saudável. Ivana era também jovem, magra e alta, tinha um nariz fino e pontiagudo e um forte contraste entre a pele branca e o cabelo escuro, que era liso e curto. Mantinha no rosto uma expressão desconfiada, acompanhada de um meio sorriso desdenhoso e um olhar desafiador. Vestia uma camisa de mangas longas e um macacão, ambos bem largos, que, aliados a sua expressão corporal relaxada, fariam com que ela se passasse facilmente por um rapaz. Enquanto os outros dois se aproximavam, ela conversava com Marcus, como que se vangloriando:

- ... o Iuri enlouqueceu com as melhorias que fiz no motor da nave. É, agora sim podemos dizer que temos uma nave, nem parece mais aquele troço de sucata que você viu quando estávamos no chasma de Hebe...

As duas duplas se saudaram, o rapaz que conduzia Anton questionou um simples "tudo pronto?", ao que Ivana respondeu rapidamente:

- Estávamos apenas esperando vocês chegarem... Vamos ficar no galpão do tio Vánia, não é?

- Isso, isso... - o rapaz consentiu.

- Será que conseguiremos ver ele sóbrio desta vez? - ela disse em meio a risos, ignorando e não compartilhando em nada a apreensão demonstrada pelos demais.

Após confirmar que tudo estava pronto e conforme planejado, o rapaz se voltou para Anton, despedindo-se com um "então é isso, boa sorte, meu amigo" e um forte aperto de mão, como que querendo lhe transmitir força e confiança. Anton agradeceu e se despediu, demonstrando tomar pelo menos parte da coragem que lhe fora oferecida. Marcus havia se adiantado até a comporta e a abrira. Ivana e Anton saíram por ela, deixando Marcus segurando-a aberta, quanto este estava se dirigindo também para o lado de fora, se voltou para o companheiro que ficara e despediu-se dele com um confiante aceno de cabeça, fechando a comporta atrás de si.

CAPÍTULO 9

Os dias passaram dentro da grande nave que viajava da Terra para Marte. Os primeiros dias de viagem tomaram Karine de uma expectativa e ansiedade únicas. Assim como muitos dos outros passageiros (principalmente os que também estavam em sua primeira viagem espacial), ela costumava ir aos conveses principais (mesmo espaciais, as naves mantinham a clássica nomenclatura náutica) observar o espaço através de suas grandes janelas, destinadas justamente a esta função. Não poucos eram os que fotografavam a visão sideral que tinham. Algumas pessoas tentavam formar os desenhos das constelações, passando o dedo nos grossos vidros (que na verdade eram polímeros transparentes de alta densidade) dos mirantes, ligando uma estrela a outra com linhas imaginárias. A maioria, porém, ficavam simplesmente vasculhando o espaço com o olhar, em busca de astros celestes e fenômenos espaciais que ansiavam admirar.

Porém, com o passar dos dias, a grande admiração foi desvanecendo, se convertendo, pouco a pouco, em desapontamento. Por mais que se buscasse, por mais que se olhasse atentamente em todas as direções, nada se via além daquele fundo escuro repleto de minúsculos pontos brilhantes. Não havia nenhum astro, nem sinal de asteroides, cometas, bases ou estações espaciais; nada das belezas cósmicas que imaginavam enquanto admiravam o céu deste a superfície da Terra. Apenas aquele mesmo fundo negro pontilhado de estrelas movendo-se lentamente, quase estático. O que dava uma sensação desesperadora de inércia, mesmo sabendo que os motores de propulsão iônica, funcionando em sua máxima potência, os estavam empurrando a uma velocidade de mais de uma centena de milhares de quilômetros por hora. Inclusive as fotos que eram tiradas, mesmo que fotografadas em dias diferentes, pareciam ser cópias de uma mesma imagem, apenas um observador muito atendo perceberia as mínimas mudanças de posição de algumas estrelas.

Foi esta sensação desolante que foi fazendo com que a jovem duquesa deixasse de se dedicar à admiração do espaço nos mirantes da nave, que, a medida que a viagem prosseguia, esvaziavam cada vez mais. Numa de suas últimas visitas a um dos mirantes, que já se via bem vazio, um dos tripulantes da nave, um "marujo" do espaço, a abordou com um largo sorriso:

- Olá, procurando uma estrela no céu para pôr o seu nome nela? Não acho que você encontrará uma bonita o suficiente para ter o mesmo nome que você...

Karine o observou por alguns instantes, ponderando sobre o ocorrido e como reagir a ele, e também que o rapaz não era um tipo feio, então lhe respondeu:

- Hum, eu gostaria de saber, vocês têm uma lista com cantadas deste estilo e vão testando uma por uma com as passageiras até encontrar alguma que funcione?

- E só o que eu quero saber, é se funcionou com você. - o rapaz respondeu sem diminuir a simpatia ou mostrar ter se intimidado.

Karine ponderou mais alguns segundos a atitude do rapaz, e, sem conseguir disfarçar o riso, lhe respondeu:

- Desculpe, mas não funcionou. Entretanto, é uma longa viagem, continue tentando, quem sabe você não tem mais sorte com alguma das próximas cantadas de sua lista...

Com tal experiência, e desiludida com a observação do espaço, Karine viu a possibilidade de um novo passatempo durante a viagem. Percebendo membros da tripulação que eram até bonitos, ela decidiu gastar algo de tempo flertando, afinal, quem saberia se ela não poderia conseguir algo de proveitoso nesta "distração". Porém, ela ainda permaneceria fechada em sua cabine a maior parte do tempo. Assistindo a sequências intermináveis de filmes e séries, aproveitando o fato de que as cabines de primeira classe, como a que ela estava instalada, dispunham de monitores de enormes telas e acesso ilimitado aos conteúdos da rede de mídia.

Talvez também o fazia porque, em muitas destas obras de ficção, ela encontrava um espaço sideral bem mais interessante que o real, que se podia ver nos mirantes da nave.

Finda a primeira semana de viagem, a jovem, já entediada de sempre pedir suas refeições na cabine, fora ao restaurante da nave, buscando uma refeição distinta. Ali uma banda, formada por senhores já idosos, com diversos sintetizadores musicais, tocavam para entreter os passageiros e tripulantes que jantavam as iguarias preparadas pelo *chef* a bordo. Karine entrou no salão no momento em que a banda terminara uma música e estava para começar outra. Ela ouviu o líder e principal vocal, um senhor moreno de pele bem enrugada e ralos cabelos completamente brancos, dizer aos ouvintes com uma voz rouca, mas ainda sim cativante, mesmo que a maioria ali parecesse ignorar a sua existência:

- Dizem que esta próxima música fez muito sucesso no século XX... Bem, para ser sincero, eu não sei. Eu já sou bem velho, mas nem tanto!

Após tal comentário ele soltou uma gargalhada alta e contagiante antes de se voltar para a banda e dizer um "Manda ver!". Seguindo sua ordem, um dos outros músicos anciões bateu com suas baquetas plásticas contando: "e um, e um, dois, três, vai!", dando início a uma alegre e ritmada canção. Porém o que chamou mais a atenção da jovem, fora a risada do velho após a piada, ignorada por quase todos ali. Fora o mais belo riso que ela ouvira em tempos, talvez por ter sido uma das raras demonstrações sinceras de verdadeira alegria que a duquesa já havia presenciado. Isto lhe tomou os pensamentos por vários minutos, até que se distraiu ao perceber que um dos tripulantes da nave, dos que estavam presentes ali, vinha em sua direção, reconhecendo ser o mesmo que havia lhe paquerado no mirante alguns dias atrás. Porém, desta vez, ele não teria tempo de tentar qualquer cantada, pois, antes dele chegar perto o bastante para dizer qualquer coisa, Karine seria chamada pelo velho chanceler Quintine, que jantava sentado à mesa dos oficiais e lhe convidava para também tomar assento com eles.

Assim os monótonos dias da longa viagem se seguiram. Entre horas ininterruptas consumindo mídia de entretenimento, alguns tantos flertes com "marujos espaciais" bonitinhos e jantares com oficiais, nos quais se ouviam músicas antigas que se mostravam tão desconexas com o gosto musical daquela atualidade quando a banda de energéticos idosos pareciam diante de sua apática plateia. Porém, após mais de uma dezena de dias, em um tempo que pareceu ainda mais longo do que realmente fora, um ponto avermelhado, destino da viagem, começava a se destacar no campo de visão dos mirantes da nave.

CAPÍTULO 10

Marte já havia despontado no "horizonte". Porém, foram precisos mais alguns dias de viagem até que o pequeno ponto avermelhado começasse a se destacar dos demais que se viam sobre o fundo negro do espaço infindável, e tomasse a forma visível de um planeta. Observadores atentos, porém amadores, notaram que a nave não se dirigia diretamente para o ponto vermelho que se via no "céu", ao que alguns deles chegaram a questionar os tripulantes sobre o fato. Estes lhes explicavam, alguns de forma bem enfadonha, que eles não estavam viajando rumo a um destino estático, parado em determinado ponto do Universo. Marte estava se movendo, assim como eles, e ainda estava longe demais para um "rota em linha reta". O astro vermelho vagava pelo espaço a mais de noventa mil quilômetros por hora, a nave o interceptaria ao longo de sua órbita em torno do Sol. Então, se deixaria capturar por seu campo gravitacional, e o acompanharia até se por em uma posição donde pudessem desembarcar.

De qualquer forma, a visão do destino da viagem se aproximando e lentamente se posicionando junto ao transporte espacial era realmente animadora. Ainda mais após os longos dias confinados na nave, presos a uma vista semi-inerte do cosmos e a uma confiança cega de que os pilotos e inúmeros equipamentos que tinham a disposição não haviam cometido nenhum erro de navegação.

Quando o planeta já estava bem visível pelas janelas da nave, Quintine passou a insistir em conversar com Karine sobre os aspectos da superfície. Não que ele não soubesse que ela já deveria dispor das informações de que falava, mas por ser, como sempre era, político, buscava manter um bom relacionamento com sua nova parceira de trabalho:

- Aquela enorme formação que faz o planeta parecer estar rachado ao meio, é o Vale Marineris. É para onde vamos, e onde estão localizadas a maioria das colônias. Se fosse noite neste lado do planeta, poderíamos ver uns tantos pontos luminosos espalhados por ele, nos mostrando a localização das colônias maiores.

- Com todo o respeito, chanceler, já estou cansada de ver pequenos pontos brilhantes sobre um fundo escuro – Karine comentou de forma bem-humorada, sendo, assim como ele, meramente politica, ao que o velho lhe entregou um riso forçado e igualmente político.

Fora neste instante que a voz do capitão ecoou pela nave, através do sistema de alto-falantes. Desde a partida da Terra tal sistema não havia sido usado mais do que para informar a hora e a data, em intervalos regulares de tempo, e fazer anúncios e propagandas relativos aos eventos e serviços oferecidos no convés principal da nave. Agora, ele informava que a nave estava desacelerando, deixando a "velocidade de cruzeiro espacial", para iniciar a aproximação final ao planeta.

Pouco mais de uma dezena de horas e a nave estava orbitando Marte, próxima o suficiente para que o planeta a fizesse parecer minúscula. No horizonte avermelhado da rala atmosfera marciana, logo apareceu um objeto metálico que se aproximava, era uma estação espacial com um formado que lembrava uma pólia. Quanto já estavam bem próximos, a voz do capitão reverberou no sistema de alto-falantes novamente:

- Senhores passageiros, estamos dando início ao processo de acoplagem à estação *Nove Sperantia*. Passageiros destinados às colônias do Vale Marineris, queiram, por favor, dirigir-se ao veículo suborbital no deque inferior traseiro da nave, para o desembarque assim que autorizado. Passageiros destinados a outras regiões, precisarão aguardar a liberação de outros veículos suborbitais, para os desembarques a seus respectivos destinos. Informamos ainda, que por motivos de manutenção, a estação espacial está fechada à visitação pública. Agradecemos a companhia e esperamos que todos tenham tido uma boa viagem.

Karine e Quintine, conforme orientados, seguiram rumo a parte traseira da nave. Enquanto passavam por um dos mirantes, puderam ver que a estação a qual acoplaram era bem menor, e visivelmente mais simplória, que a de que haviam partido na órbita da Terra. Percebia-se incluso que algumas das áreas em que, aparentemente, ficariam enormes janelas, comuns nestes tipos de estação, agora estavam lacradas com placas metálicas. Passaram também pelo convés principal, onde podiam ver o enorme relógio que informava a todos a data e hora oficiais, e um contador logo abaixo dele, que mostrava o tempo de viagem, agora parado em seu valor final. Quintine, ao olhá-lo, comentou:

- E não é que o capitão conseguiu. Ele havia dito que o tempo estimado de viagem era de dezesseis dias e quatorze horas, e olhe só, a previsão desta vez acertou.

É claro que o contador só fora iniciado quando a nave deixou a órbita terrestre, assim o quase um dia inteiro de atraso, esperando pelo voo que partira de Caiena, fora ignorado. Também haviam valores de minutos e segundos, porém, era costume mais que compreensível ignorar estes números numa margem de erro quanto se estava considerando uma viagem de mais de sessenta milhões de quilômetros.

Repetindo o que haviam feito mais de meio mês atrás, na Terra, os dois tomaram seus assentos no "aeroplano espacial", o mesmo transporte suborbital que os havia levado da Terra à nave interplanetária e que, agora, os levaria dala até a superfície de Marte. Tomaram, incluso, os mesmos assentos. Levou um bom tempo até que todos os passageiros que partiriam tomassem seus lugares. Nenhum dos dois viajantes conseguiria se lembrar com certeza, mas nem todos que decolaram da Terra com eles estavam desembarcando, e nem todos que estavam ali para o desembarque, haviam decolado com eles. Tempo e paciência era o que tais viajantes mais precisaram ter, pois, levou mais algumas longas horas até que a nave estivesse no ponto certo para o desacoplamento. Chegado este ponto, o deque onde estavam foi despressurizado e suas grandes comportas abertas, permitindo que a visão do reflexo branco avermelhado que vinha do planeta tomasse todas as janelas. Os motores foram ligados de forma imperceptível pelos passageiros e aquele módulo de transporte deixou a nave interplanetária, iniciando um voo descendente na direção do planeta.

- A reentrada em Marte é bem mais tranquila do que seria na Terra. - Quintine se pôs a falar com a duquesa, encarnando novamente o seu tom pedagógico – Como quase não há oxigênio na atmosfera marciana, não há nenhuma incandescência no casco da nave. Ainda que os fortes ventos da superfície possam causar alguma turbulência, não há absolutamente nada para se preocupar.

A reentrada realmente se deu sem contratempos e, em pouco tempo, a nave cruzava velozmente aqueles ares extraterrestres, sobrevoando uma superfície repleta de dunas, paredões rochosos e montanhas vermelhas, e com algumas poucas crateras se mostrando próximas ao horizonte. Porém qualquer outra estrutura da face daquele mundo seria logo ignorada diante do destino a que se aproximavam, despontando diante da nave. Antecedida por alguns tantos vales e estruturas semelhantes a canais secos, a colossal fenda se abria na superfície, como se o planeta abrisse sua boca para engoli-los, e a nave a adentrou como se realmente estivesse sendo tragada. Não foram poucas as expressões de admiração que se ouviram por entre os passageiros. Mesmo os maiores *canyons* e as mais profundas gargantas da Terra seriam reduzidas a meros buracos diante da magnitude do Vale Marineris. Tão largo e profundo que se viam montanhas se levantarem de seu indetectável fundo e a outra borda parecia se esconder além do horizonte visível. A nave, minuscula diante daquela colossalidade natural, voava timidamente por entre aquele verdadeiro labirinto de pedra, repleto das mais variadas e admiráveis estruturas rochosas que os ventos marcianos foram capazes de esculpir. O vislumbre daquela paisagem fez com que aquele trecho da viagem parecesse ser bem mais rápido do que realmente fora, algo inédito para a maioria dos passageiros, incluindo Karine. Por fim, a nave desacelerou exponencialmente, e, pouco após, foi possível ver estruturas metálicas de uma coloração clara despontando nas paredes do abismo, eram as colônias.

O chanceler insistiu em mais um de seus comentários instrutivos:

- É mais fácil manter a atmosfera artificial junto às paredes do vale do que criar cúpulas e redomas, como seria necessário em colônias nas planícies...

Ignorá-lo, desta vez, foi bem mais fácil para a jovem duquesa. Ela ficara maravilhada com a proveniência da capacidade e da engenharia humana. O desapontamento adquirido durante a viagem havia passado e a admiração pelo espaço e pelos "outros mundos" lhe havia retornado, ela admirava absorta a visão que lhe era concedida pelas pequenas janelas do transporte.

Logo estavam pousando, correndo pela pista de aterrissagem, construída, como tudo mais, junto a encosta, e que terminava em um grande hangar, encravado na rocha (embora algumas pessoas insistissem que deveria haver um termo próprio para a aterragem em Marte, pois usar "aterrissagem" seria correto apenas se estivessem na Terra). A longa viagem havia terminado, e o trabalho da duquesa como embaixadora do Instituto Internacional de

Ciências Extraterrestres estava para, finalmente, começar.

CAPÍTULO 11

O primeiro dia em Marte fora bem simplório. Recepcionados por alguém contratado pelo Instituto, Quintine e Karine foram guiados até os apartamentos em que ficariam hospedados. Duas moradias de excelente qualidade, amplas e bem mobilhadas, nos níveis superiores da colônia, que pareciam com aquelas casas que se veem nos anúncios imobiliários. A verdade era que todos os prédios daquela área residencial eram muito bonitos, e também se mostravam com vários apartamentos vagos. Carregadores contratados haviam se encarregado de levar as bagagens e já deixá-las no interior dos respectivos apartamentos, antes mesmo que qualquer um dos dois chegasse a saber onde ficariam alojados, cabendo a estes apenas conferi-las. Porém, o velho chanceler estava mais preocupado em realizar ligações e marcar reuniões, querendo aproveitar ao máximo o tempo que tinham, embora, mesmo com todo seu esforço, não conseguira nada para antes do dia seguinte. Diante disto, com certo pesar, ele informou a jovem duquesa que teriam o restante daquele dia livre, para descansar da longa viagem, ainda que lhe aconselhou a se preparar o melhor que pudesse para as negociações que lhe caberiam fazer no próximo amanhecer.

Karine, porém, estava tomada por uma ansiedade quase histérica. Sentia uma verdadeira necessidade de contar, de espalhar a notícia, de dizer que estava ali, que era alguém, e que estava fazendo algo importante. Ao entrar no apartamento, ela não se preocupou em verificar sua bagagem, ou as excelentes condições da moradia que lhe haviam disponibilizado. Primeiro, ela foi a cada uma das janelas. Observou e fotografou todos os panoramas marcianos que cada uma delas lhe mostrava, embora quase todas teriam apenas a visão de paredões rochosos, com um trecho ou outro das colônias e/ou um traço do céu avermelhado. Mesmo assim, ela fotografou todos, e ainda se posicionou ao lado, ou de frente às janelas, para sair em várias destas fotos e assim produzir a prova cabal de que realmente estava ali. Porém, após todo este esforço, quando a tarde já começava a declinar, ela se pôs pensativa, na dúvida de para quem enviar aquelas fotos, para quem deveria mostrar aquela sua grandiosidade e importância. A primeira pessoa que veio a sua mente fora seu amigo cientista, que ficara na Terra com anseios de ir para Marte. As imagens foram enviadas, acompanhadas de mensagens de "eu estou aqui!", porém o jovem acadêmico não as visualizou, nem respondeu prontamente com a avalanche de elogios, acompanhados de um toque de inveja, que ela ansiava. A falta de tal resultado a fez buscar outros destinatários, reenviando as fotos e mensagens para parentes, amigos e conhecidos em geral, até mesmo para umas tantas garotas que conhecera nos tempos da escola e da faculdade. Tais garotas eram rivais declaradas em tudo, porém, eram do tipo que, quando diante umas das outras, se mostravam sorridentes e conversavam como se fossem as melhores amigas de sempre; mas elas também não responderam como Karine queria.

Quase uma hora depois de tantos envios, a única resposta que ela recebeu fora de seu pai, um simplório, porém sincero, "Parabéns, filha". Ela sabia de que aquele grande empresário preferiria mil vezes que ela estivesse lhe ajudando a administrar as empresas da família, e que ele também não aprovara este "idealismo científico e politico" que ela perseguia. Porém, ele era um bom pai, e ela sua filha, assim ele a apoiava com sinceridade em qualquer coisa que decidisse fazer, desde que não fosse algo errado ou ilegal, é claro, e ela era consciente disto. A falta de respostas a acabou frustrando, mas ela considerou que aquilo deveria ser por causa de "fusos horários". Talvez seus destinatários estariam em partes da Terra em que já fosse tarde da noite, ou em outras em que fosse horário de trabalho, quando tivessem tempo livre, veriam sua glória e a responderiam. Assim ela chegou a decisão que seria melhor ela também já ir para cama, ainda que o sono penou muito a vir.

No dia seguinte, logo cedo, seu aparelho portátil assumiu a funcionalidade de despertador, acordando-a ao som de uma música eletrônica extremamente agitada, porém, com uma batida muito repetitiva. Ela acordou, conferiu o aparelho, sua mãe e uma e outra de suas "tias" haviam enviado-lhe mensagens de parabéns. Ainda não eram as reações que desejava despertar, mas já eram respostas. A teoria dos "fusos horários" lhe voltou a mente e ela deixou aquilo de lado. Foi ao banheiro, banhou-se e se pôs a se arrumar, preparando-se para o dia de trabalho.

Já arrumada, e tomado o desjejum, ela pegou seu aparelho portátil e abriu sua tela enquanto se dirigia apara a porta. Acionando com um toque um ícone no aparelho abriu a visão da câmera frontal do apartamento, onde viu Quintine se aproximando, provavelmente vindo lhe chamar. Ele movia os lábios, como que murmurando algo, ao que ela não fez questão e parou diante da porta. Quanto o chanceler se posicionou à frente da entrada de seu apartamento e estava para acionar a "campainha", Karine deu o comando de abrir a porta, dando ao velho uma leve reação de surpresa. Um sorriso e um cumprimento amigável surgiram de Quintine, os quais lhe foram devolvidos pela jovem, que adicionou um "vamos", enquanto saia de seu apartamento. Seguindo pela via, os dois conversavam:

- O senhor Mallus-Bernard nos receberá em sua própria casa, - Quintine falava quase como em um monólogo - que fica no nível mais alto desta colônia. Não é difícil achá-la, ele pode se vangloriar de ser um dos poucos homens deste mundo, talvez até mesmo o único, que tem um gramado na frente de casa. Você sabe da importância dele, não é mesmo?

- Ferdinan Mallus-Bernard, a família dele fundou uma das maiores companhias mineradoras da Terra. – Karine respondeu, assumindo um tom de voz como quem queria dizer "é claro que eu sei" - Foi um dos pioneiros na colonização de Marte, fundando a primeira colônia de mineração. Atualmente é responsável por quase sessenta por cento do minério extraído do planeta e administra, direta ou indiretamente, mais de quarenta e cinco por cento das colônias marcianas.

- Exatamente. - respondeu o chanceler, com uma certa admiração – Sabe, tenho que lhe confessar que tive dúvidas a seu respeito, mas você tem me mostrado que me enganei e que o Instituto acertou em escolhê-la como embaixadora.

Karine apenas sorriu em resposta, um sorriso que poderia significar uma centena de coisas diferentes, ao que Quintine preferiu não buscar saber o que realmente significava. Continuaram a caminhar por aquela via pouco movimentada e com uma sensação térmica muito fria, até chegarem a estação onde tomariam um monotrilho vertical, que nada mais era do que um "elevador com vagões", para o nível mais alto da colônia. Para poderem ir a tal destino, foi preciso apresentar suas credenciais e autorizações, presentes como arquivos em seus dispositivos portáteis, e esperarem outros passageiros descerem em uma série de estações de outros níveis. Os assentos daqueles monotrilhos não eram dos mais confortáveis. Até porque, tais transportes não haviam sido feitos para aristocratas, mas sim para trabalhadores, principalmente das minas. Viajando em tais veículos era possível perceber a estrutura daquela colônia (que provavelmente deveria ser a mesma de todas as demais), inclusive porque em todos os vagões havia um mapa, listando as estações. A colônia era dividida em três níveis, no superior ficavam as construções voltadas a administração e comércio, e as áreas residenciais de quem trabalharia nestes setores. Havia um nível intermediário, residencial, destinado à moradia dos demais trabalhadores (mineiros, na sua maioria), e os inferiores, onde se localizariam os armazéns, depósitos e entradas para as minas. Tais monotrilhos verticais seriam destinados a prover o movimento entre os diferentes níveis e assim permitir o andamento da economia daquela colônia de mineração. Quando o veículo finalmente se pôs rumo ao nível mais alto, estava praticamente vazio; na verdade, detinha apenas dois passageiros.

CAPÍTULO 12

Ao dizer que a mansão em que Mallus-Bernard vivia era frenteada por um gramado, poderia ser considerado que o chanceler Quintine Nubaco fazia um eufemismo. O que se via ali era um exuberante jardim, trabalhosamente bem cultivado por ao menos uma dezena de funcionários, com direito a diversas plantas ornamentais e, incluso, um pequeno pomar, ainda que este não aparentasse ser muito frutífero. Um caminho de pedras esbranquiçadas (pintadas de branco, para ser mais sincero) seguia até a porta de entrada e repartia o jardim na metade. Havia também, do lado esquerdo de quem andava em direção a casa, uma frondosa fonte, esculpida na forma de uma mulher com os braços erguidos, praticamente um Y esculpido com feições humanas. De cada uma das mãos da estátua, jorrava um pequeno jato de água, que caiam, formando suaves parábolas, na base circular que a contornava.

Karine seguiu, alguns passos atrás do chanceler, pelo caminho de pedras brancas. Ela andava mais devagar do que ele, pois não conseguia deixar de admirar aquele cenário tão distinto do restante do planeta que havia visto até agora. Inclusive o clima ali parecia mais agradavelmente morno do que havia sentido, mesmo nos prédios residenciais da colônia. Era quase como se tivessem voltado a Terra. Sua atenção se distraiu um pouco mais ao notar os seguranças, aparentemente armados, que vigiavam a propriedade.

Os dois chegaram a entrada da mansão e Quintine tocou no sensor da campainha. Apenas alguns segundos foram necessários para a porta ser aberta por um funcionário, o qual falava com um sotaque cuja origem era impossível de se determinar (sendo quase impossível, também, para Karine, segurar o riso ao ouvir o falar do jovem atendente):

- Bom dia, os zenhores zão ozenviados do Iztituto, no é mezm? - após receber a confirmação de Quintine, ele continuou: - O zenhor Bernard os rezeberá in brev. Fazer favor, macompanhar até a zala zezpera.

O interior da casa era espantosamente admirável, repleto de itens ornamentais, porém, o que mais chamava atenção era que os móveis eram feitos de madeira e polímeros. Quase tudo nas colônias era feito de metal. Afinal eram, primariamente, colônias de mineração, logo, esta matéria-prima abundava, objetos feitos de madeira, e incluso de plástico, só existiam quanto "importados" da Terra, o que permitia a ambiciosos comerciantes lhes precificarem com valores astronômicos. Porém, ali, tal fato parecia inexistente. A sala de espera era igualmente opulenta, tapetes e tecidos finos eram vistos contornando as grandes e confortáveis cadeiras, feitas de uma madeira escura, talentosamente entalhada em um estilo clássico e com os assentos e encostos recobertos por um macio estofado vermelho. Quintine e Karine tomaram assentos, enquanto o funcionário que os recepcionara e guiara até ali adentrou uma grande porta dupla que dava de frente à aquela sala, que, conforme tudo indicara, seria a entrada do escritório de Mallus-Bernard. Os dois passaram alguns instantes admirando aquele aposento, com os seus móveis, quadros, vasos e pequenas estátuas; mesmo os excelentes apartamentos em que estavam instalados pareciam decair significativamente quanto comparados, mesmo com apenas aquela pequena parte da mansão a que haviam tido acesso.

Porém, eles não puderam contemplar aquele espaço por muito tempo, em apenas uns poucos minutos, o mesmo funcionário entreabriu a porta a que tinha entrado, chamando-os:

- Zenhores do Iztituto, o zenhor Bernard os veragora.

Os dois se levantaram. Por educação, Quintine deixou a jovem lhe tomar a frente, seguindo-a alguns passos atrás. O funcionário abriu caminho, mantendo-se junto a entrada do escritório, e deixou Karine entrar, porém, se pôs diante do chanceler, bloqueando sua passagem, enquanto fechava a porta atrás de si. A duquesa, ao perceber o que ocorrera, e que ficara sozinha, não se incomodou com o fato. Na verdade, um pensamento lhe passou na cabeça de que, desta forma, toda a glória pelo sucesso na negociação recairia sobre ela. Mesmo que ela não negasse que tal pensamento tivesse lhe agradado, ela se esforçou para afastá-lo, de forma a se concentrar no objetivo. Após concluí-lo, ela poderia se preocupar em como usar tal feito em seu próprio benefício.

CAPÍTULO 13

O senhor Mallus-Bernard estava sentado em sua mesa, revisando alguns textos e planilhas na superfície projetora da mesma. Ao perceber a entrada de Karine, ele minimizou os arquivos para um dos cantos da tela, e a cumprimentou educadamente, a convidando a tomar assento numa das duas cadeiras que estavam dispostas diante de sua mesa. Ele era um homem franzino e baixo, aparentava uma idade bem avançada, tendo a pele enrugada, profundas olheiras e era totalmente calvo, com apenas uns ralos, porém extremamente lisos e sedosos, cabelos esbranquiçados contornando-lhe a nuca. Apresentava, também, umas tantas manchas senis espalhadas pela cabeça e mãos, as únicas partes do corpo que lhe eram visíveis fora do elegante terno que trajava. Apesar de tudo, parecia muito bem cuidado, um homem que se preocupava com sua estética e, com certeza, fazia alguns tratamentos em busca de melhorá-la.

- Bem, como o senhor sabe, sou embaixadora do IICE e fui enviada... – Karine começou a falar de forma extremamente política, enquanto se assentava, porém, foi prontamente interrompida por seu interlocutor, que falava em um tom levemente descontraído e com um tímido sorriso:

- Sim, eu sei, pode pular estas formalidades todas... Provavelmente recebo mais visitas do Instituto do que você recebe de amigos e parentes. Foi por isso que pedi para meu assistente deixar apenas você entrar. Nada contra o velho chanceler Nubaco, mas ele já veio aqui outras vezes e provavelmente me falaria as mesmas coisas... Gente nova, histórias novas, não é mesmo? - ele terminou a fala voltando-se à mesa projetora e abrindo um novo arquivo, que se tratava justamente do agendamento daquela visita, lendo-o rapidamente, ele exclamou, sem levantar os olhos: - Ah, vejamos, duquesa Karine Innaz de Ortega e Palus... - ele finalmente ergueu o olhar para a jovem, que se limitou a consentir com a cabeça e sorrir, sem saber muito bem como reagir àquela situação – Nossa... Eu comprei um título genérico de *lord*, já a algum tempo, mais por convenção do que por qualquer outra coisa, nem faço questão de ser tratado por tal... Não entendo muito da hierarquia dos títulos, sei apenas que sou mais que um barão, e também que estou longe, bem abaixo, do nível de uma "duquesa". Não é um título fácil, ou barato, de se conseguir, e você parece tão jovem...

- Também não faço questão do tratamento – na verdade, Karine adorava o ser tratada por "duquesa", porém, naquele momento, ela achou que seria mais conveniente negar este fato. - Na verdade o título foi concedido ao meu pai, como recompensa pelos feitos nos tempos da Guerra. Ele foi um dos principais fornecedores dos exércitos da União. Porém, como não possuía pretensões de uma carreira política, ele me transferiu, assim que eu nasci.

    - Hum, isto faz sentido. Acaso, você teria alguma relação com as metalúrgicas Ortega?

    - Sim, sou filha de Isaac Emanuel de Ortega. A filha única de sua terceira mulher e a primeira a lhe nascer após o fim da Guerra.

    - Sabe, vendo muito minério para a empresa de sua família. Um de meus melhores clientes e um dos contratos mais antigos. Creio, inclusive, que ele é um dos que ainda foram assinados com caneta, e em papel impresso, acredita!? Apenas não me lembro se o assinei com seu pai ou algum dos irmãos dele... - o senhor Bernard respondeu, alargando o sorriso e assumindo um tom de familiaridade. Houve um rápido instante de silêncio, onde os dois apenas trocaram olhares e sorrisos extremamente políticos. Por fim, o velho empresário continuou: - Então você optou por não seguir o trabalho da família no ramo industrial e se pôs a trilhar uma carreira acadêmica no Instituto, foi isso?

    - Na verdade, não exatamente. Meu pai tem outros filhos, incluso o mais velho, do primeiro casamento, que sobreviveu a Guerra e o ajuda com a empresa, assim decidi andar com minhas próprias pernas e seguir meu próprio caminho.

Formei-me em Administração, e estou terminando também o curso de Relações Internacionais, e, como tenho um bom título, decidi tentar a carreira politica. Cheguei a trabalhar em algumas missões diplomáticas em nome do Conselho Governamental da região em que moro, e isto acabou me fazendo ter contatos com muitas pessoas, inclusive do Instituto. Sempre fui entusiasta dos avanços científicos, embora realmente não consiga me ver como acadêmica. Então, acabou surgindo o convite para trabalhar como embaixadora do Instituto nesta missão, e decidi não desperdiçar a oportunidade.

- Hum, e, pela minha experiência com as visitas de "embaixadores" do Instituto, devo admitir que tal "missão" consista em angariar fundos. Não é isso? - o empresário respondeu levantando uma das sobrancelhas e assumindo um certo tom cínico na voz.

- Bem, sim. Como o senhor sabe, o IICE desenvolve diversas pesquisas que visam a melhoraria da colonização espacial como um todo. Buscando desenvolver melhorias tecnológicas para as colônias já existentes e que facilitem a construção de novas, diminuindo os custos de implementação e manutenção... - Enquanto Karine seguia com seu monólogo, Mallus-Bernard se levantou de sua cadeira, como que ignorando a jovem, e caminhou em direção a uma das janelas de seu escritório, soltando um enfadonho: "Sim, eu sei dos trabalhos feitos nas colônias científicas do Instituto."

- Então o senhor deve reconhecer que se trata de um investimento. – Karine recomeçou a falar, sem se deixar afetar pela atitude de seu interlocutor – Com o desenvolvimento das novas tecnologias oriundas de tais pesquisas, se tornará mais fácil, e barato, a manutenção das colônias atuais, facilitando também a criação...

- Você viu o jardim que tenho em frente a minha casa, não? - ele a interrompeu novamente, tornando a ignorar o discurso que ela se propunha a lhe dizer, se mantendo de costas para ela e olhando através da janela, diante da qual havia se posicionado.

Sem saber direito como reagir a tal interrupção, a jovem duquesa engasgou com um "Hã", antes de responder um "sim", acompanhado de um gesto afirmativo da cabeça no momento em que o velho empresário lhe olhou por cima de seu ombro esquerdo, desde a janela.

CAPÍTULO 14

- Quando decidi por vir para Marte, - Ferdinan Mallus-Bernard contava sua história enquanto olhava o jardim de sua casa, por uma das janelas do escritório – e isto foi antes mesmo do início da Guerra, eu estava certo de que não retornaria à Terra, que findaria meus dias aqui, até porquê, já estava me aproximando dos cinquenta anos. A propósito, quantos anos você tem? - ele perguntou, olhando por cima do ombro para a jovem, que permanecia sentada diante da mesa e, pega de surpresa pela pergunta, não conseguiu responder mais do que um gaguejo, o que ele rapidamente ignorou, voltando-se novamente para a vista da janela e sua história – Não faz diferença, é bem visível que você ainda está muito longe desta idade, assim como da maturidade e experiência que ela traz consigo. Como dizia, estava certo de que minha vida terminaria aqui e, portanto, decidi que não abriria mão de passar meus últimos anos com todo o conforto que me fosse permitido ter. Você parece esperta, então deve ter percebido que o ambiente desta casa é muito mais agradável que o do restante da colônia. Isto se dá porque esta área é independente de todo resto da colônia. Possuí o seu próprio sistema de reciclagem atmosférico e hidrológico, um padrão especial de escudos ionizantes, etcetera... Eu não entendo muito destas questões técnicas, simplesmente mandei os engenheiros fazerem, eles fizeram e eu os paguei. O jardim foi uma das exigências, e uma das mais difíceis, e caras, de conseguir. Os cientistas do Instituto que me auxiliaram nos planos afirmavam que, uma vez recriada as condições climáticas semelhantes às da Terra, bastaria plantar as sementes no solo e as plantas nasceriam. Seria necessário, no máximo, adubar o solo com algum fertilizante, que, inclusive, me prometeram que conseguiriam sintetizar aqui mesmo, em seus laboratórios. As primeiras tentativas foram exatamente assim. Nem me lembro quantas levas de sementes foram trazidas para cá... Só sei que nenhuma germinou. Então decidimos tentar com mudas, as troucemos e plantamos. Elas morreram. Troucemos então plantas adultas e as plantamos aqui. Mesmo as variedades mais resistentes de gramas e ervas, e até xerófitas; sabe, aquelas plantas adaptadas a hostilidade de desertos... Nada vingou. Então decidimos misturar solo terrestre com o marciano, e isto acabou dando alguns resultados, algumas plantas conseguiram germinar; ainda que por pouco tempo. Elas pegavam, duravam uns tantos dias, até que começavam a amarelar e secar. Foi quanto fizemos a última tentativa, importamos centenas de quilos de solo da Terra. Hum, isto dá até um trocadilho, importamos "terra da Terra". Porém, funcionou. Espalhamos o solo vindo da Terra e cultivamos plantas nele, e elas germinaram e cresceram. O resultado é o que se vê hoje. Sabe o que é curioso? Fazem décadas que fizemos isto, e, no último mês, pedi a alguns dos meus jardineiros que cavassem o solo para ver como estavam as raízes. Sabe o que encontraram? As raízes das plantas permaneceram somente na camada de solo vindo da Terra. Elas se espalharam horizontalmente, e algumas até se curvaram para cima, mas nenhuma entrou no solo marciano, pareciam até evitá-lo com esforço. Sabe o que isto significa?

Após findar sua história com um questionamento, o velho empresário caminhou de volta a sua mesa, tomando novamente seu assento de frente para Karine. Ela permanecia calada, demonstrando entender que aquela era uma pergunta retórica e que aguardava ver até onde aquela conversa os levaria, antes de se arriscar com alguma opinião ou resposta. Admirando-se com a perspicácia de sua ouvinte, Mallus-Bernard levantou as sobrancelhas, balançou a cabeça em sinal de aprovação, e retomou a fala, agora com uma pergunta direta:

- Já ouviu falar de algo chamado "criacionismo"?

- É uma crença religiosa, não? - a jovem finalmente respondeu – Diz que a Terra e tudo mais nela, inclusive os seres humanos, foram criados por alguma divindade... É um homem religioso, senhor Bernard? - ela falou esta última frase com um tom de estranheza, para não dizer escárnio, na voz, demonstrando que, ao seu ponto de vista, era incompatível alguém culto, rico e inteligente, como o empresário quintilionário a sua frente se mostrava, se apegar a tais crendices "retrógradas e ultrapassadas".

- Não. Nunca acreditei em deuses ou qualquer coisa parecida. - o empresário "rico, culto e inteligente" respondeu rispidamente, demonstrando compartilhar da opinião que a jovem camuflara em sua pergunta – Mas esta história de criacionismo me chamou atenção, principalmente depois que passei a viver em Marte e acompanhar, em primeiro plano, os esforços para a colonização espacial. Sabe, a Terra tem um conjunto de particularidades tão específicos para dar suporte a vida, e tudo o que vive nela se mostra tão dependente de tais características... Entende que não é simplesmente a questão de atmosfera com oxigênio, água em estado líquido, uma temperatura específica, etcetera. Nosso planeta natal possuí diversas estruturas cuja finalidade parece ser unicamente garantir a existência de vida. Por exemplo, há proteções contra radiações nocivas vindas do espaço, tais como a camada de ozônio e os cinturões de Van Allen. Tais características não se encontram aqui em Marte, e nem em qualquer outro mundo conhecido. É como se a Terra houvesse sido "projetada" para conter vida...

- Mas, com todo o respeito, isto é um equívoco de ponto de vista - Karine lhe respondeu, com certo tom de desdém em sua voz. - Não é o planeta Terra que é adaptado para conter vida, são os seres vivos que, ao se desenvolverem sob o meio ambiente que lhes foi oferecido, se adaptaram a viver em tais condições, de forma a se tornarem, como o senhor disse, dependentes delas para sobreviver...

- Se fosse assim então, - Mallus prosseguiu calmamente – todos os planetas teriam vida, cada qual desenvolvendo formas que se adaptariam as condições que cada mundo lhes oferecesse. Entretanto, não é isto que vemos, em todos os mundos que exploramos até agora, embora eu saiba que isto é bem pouco comparado ao tamanho do Universo, não foi encontrado sequer uma única molécula orgânica.

- Acho que não é uma regra tão absoluta assim. Cientistas do Instituto lhe explicariam melhor... Mas são necessárias condições básicas para a vida surgir, e então ela se desenvolve conforme lhe for permitido...

- "Condições básicas"? Voltamos a questão de água e oxigênio? Água e oxigênio são substâncias químicas, e das mais abundantes no Universo. Europa mesmo é repleta de água e tem oxigênio na atmosfera, mas só o que há de orgânico nela é o que nós levamos pra lá. Questão de temperaturas? No polo sul da Terra existem formas de vida que resistem a temperaturas inferiores as encontradas naquela lua de Júpiter... Isto faz pensar: tais seres se adaptaram a estas condições ou foram planejados para viverem sob elas desde o começo?

- Daqui a pouco o senhor vai dizer: "No princípio, o Senhor Deus criou os céus e a terra..." - Karine retrucou sorrindo, como se estivesse contando uma piada.

- Se é para brincar deste jeito, por que não recitarmos também o Alcorão? "Deus criou o céu e a terra, e tudo o que há entre os dois, depois se assentou no Trono, para reger a Sua criação." - diante de tal declaração, a jovem assumiu, em um reflexo, um olhar que mesclava estranheza e desaprovação, como que perguntando "você lê estas coisas?", ao que Ferdinan se antecipou em responder: - Muitos dos que vieram morar em Marte eram "religiosos", de início, os tentamos inibir, e chegamos até a apreender uns tantos livros. Depois, vimos que tentar lhes impor uma "proibição da fé" seria inútil. Cheguei a ler seus livros, buscando saber o que fazia esta ralé tão fanática a eles, e, também, porque acredito que toda a literatura pode ser proveitosa. Pelo menos quase toda, ao menos os livros publicados antes da literatura ser convertida numa indústria cujo único objetivo é vender o máximo possível, independente do conteúdo. O fato é, que o conteúdo destes livros se mostraram bem distintos do que eu esperava, mais do que uma coleção de fábulas obsoletas, possuíam também partes com uma filosofia admirável, talvez se as pessoas realmente os seguissem...

Karine sentiu vontade de dar uma resposta deseducada ao velho, que, agora, ante seus olhos, perdia cada vez mais a imagem inicial de filantropo, e assumia a de um retrógrado arrogante e decrépito; porém se conteve, e decidiu por deixá-lo continuar com seu falatório.

CAPÍTULO 15

- Como já lhe disse, não sou um homem religioso, não acredito, nem prego, nada destas coisas. O que dizia, era sobre as condições da Terra, que são únicas. Como se ela houvesse sido projetada, ou "criada", para ter vida, distintamente dos demais planetas - Mallus-Bernard continuava a falar, em um tom sóbrio e calmo. - Não estou dizendo que por um deus, ou qualquer coisa do tipo sobrenatural, ou talvez tenha sido... Não sei e não me importo. Se preferir, que seja por algum tipo de máquina, um supercomputador, criaturinhas verdes de outro mundo, ou mesmo humanos vindos de um futuro distante e avançado, ou seja lá o que mais quiserem inventar, as pessoas podem escolher em qual baboseira querem acreditar, que me é indiferente... O que sei, o que eu constatei, é que a Terra foi feita para ter vida, Marte, e qualquer dos outros mundos que conhecemos, não.

- Creio que você está generalizando um pouco demais... - Karine comentou, em um leve tom de reprovação.

- É mesmo? Está pensando em quê? Na missão a *Proxima Centauri*? Diga-me o que você sabe sobre este projeto?

Karine virou os olhos e suspirou, mostrando certa contrariedade, e respondeu sem nenhuma animação:

- Apenas o que noticiam, que a sonda que atingiu o planeta encontrou atmosfera respirável e água líquida... E que a nave para a missão tripulada já está nos estágios finais de construção...

- Seus amigos do Instituto não lhe contaram nada mais? Hã... Sabe que como financiador tenho acesso a qualquer informe deles, não é? E resolvi dar uma olhada nos resultados da sonda. Não mentiram sobre atmosfera respirável e água líquida, mas agora quanto a tentativa de colonização... - Mallus abaixou a cabeça meneando-a para os lados, numa clara atitude crítica – Tanto a água quanto o solo do planeta são extremamente alcalinos, tanto que torna a existência de vida lá, pelo menos de "vida terrestre", que é o único tipo que conhecemos, inconcebível. Fato constatado pelas amostras analisadas. A sonda se deslocou por vários quilômetros e analisou centenas de amostras do solo e da água, e em nenhuma delas identificou sequer uma única partícula orgânica. Além do que, devido ao tipo de estrela e a distância em que a órbita, o planeta recebe cerca de quatrocentas vezes mais radiação que a Terra, muitos especialistas acreditam que foi isto que fritou os circuitos da sonda pouco mais de uma semana após ela ter chegado lá. Realmente, isto me parece bem mais creível do que as teorias de nossa mídia sensacionalista. Como a que diz que a sonda teria sido destruída por um "nativo", que não gostou de encontrar um robô alienígena em seu planeta. Mesmo assim vão mandar essa missão suicida, que os próprios voluntários já estão cientes que, independente dos resultados, é sem volta.

- Pelo que ouvi da missão, ela é sim uma viagem "sem volta", mas pelo tempo que durará, caso cheguem ao sistema de Centauro e percebam que a colonização não é viável, a nave terá plenas condições de retornar a Terra...

- São mais de quarenta anos de viagem, apenas a ida e com a potência máxima dos mais modernos motores de propulsão laser. Se voltarem, serão os filhos e netos dos que partiram que retornarão. Tanto que só permitiram voluntários que fossem jovens, casados e que possam gerar descendentes ao longo da viagem; e, caso decidam pela colonização, não haverá volta alguma, pois a primeira colônia seria montada com o casco da nave. Daí viveriam lá, fechados, como numa prisão, incapacitados de sair, já que a superfície do planeta é intolerável para "terráqueos"... Enquanto aqui, todos comemorariam o grande feito da "humanidade" e gravariam felizes seus nomes na história como os idealizadores de tal façanha científica...

- Mas isso é apenas se nos limitarmos ao ponto de vista da nossa atualidade, não sabemos o tanto que se desenvolverão as tecnologias de terraformação até o início da missão, e poderão, inclusive, continuar a desenvolvê-las nos laboratórios a bordo da nave... - Karine respondeu rispidamente, já não disfarçando o descontentamento com as opiniões do velho empresário.

- Terraformação!? Ah, por favor! Não me diga que você realmente acredita nestas histórias que contam para criancinhas.

- Não são "histórias para crianças", - Karine já mostrava estar se estressando – eu mesma já vi os estudos de diversos especialistas, são pesquisas desenvolvidas no Instituto para promover...

- Ah, por favor... - Ferdinan a interrompeu em tom de deboche. - Acha mesmo que desenvolveram a tecnologia para gerar alterações climáticas e estruturais em todo um planeta, ao ponto de torná-lo com as mesmas características da Terra!? Está bem... Se existisse tal tecnologia, não seria muito mais lógico utilizá-la na própria Terra? Pense, imagine o tanto que seria necessário alterar o clima, a atmosfera e todo o ambiente e ecossistema de Marte para deixá-lo parecido com a Terra. Não seria muito mais fácil gerar alterações climáticas na Terra apenas para corrigir e restaurar o equilíbrio ambiental do planeta? Imagine como seria gerar campos magnéticos em torno do planeta que fornecessem a mesma proteção dos que existem naturalmente ao redor da Terra? Acha mesmo que se tivéssemos a tecnologia para produzir uma camada de ozônio que envolvesse todo Marte, não seria muito mais viável, e barato, simplesmente consertar os buracos na Camada de Ozônio da Terra? - um novo instante de silêncio tomou o escritório, a jovem demonstrava com o olhar ser incapaz de responder seu indagador, o qual soltou um suspiro sarcástico e continuou, abrandando seu tom de voz a um nível pedagógico: - Acha mesmo que o Instituto e seus cientistas buscam o bem da humanidade? Vou lhe dizer o que o Instituto e os nobres e heroicos cavaleiros da ciência que trabalham nele buscam. Sei muito bem o que é, pois, é o mesmo que eu busco: lucro. Todos eles, diretores, coordenadores, engenheiros e especialistas de todas as áreas, só o que buscam é desenvolver e registrar patentes que lhes sejam o mais lucrativas o possível, independente de qual aplicação elas recebam.

Karine até tentou murmurar um "cientistas também precisam comer e alimentar suas famílias", mas foi prontamente cortada pelo empresário que continuou:

- O instituto apenas busca garantir a boa vida de seus diretores e seus cientistas buscam acima de tudo a fama e a glória nos *halls* da ciência, imortalizando seus nomes nos livros de história que ainda serão escritos. Buscam apenas ser o próximo Copérnico, Newton, Einstein ou Mallansohn, reconhecidos como quem descobriu isso ou o primeiro a fazer aquilo... Quer um exemplo? Que tal as hortas hidropônicas, as quais estão desenvolvendo para cultivar legumes e hortaliças aqui em Marte, e nas demais colônias. Eu pago mais de oitenta créditos por um simples prato de salada, acredita!? O mesmo preço de um prato requintado em um restaurante chique na Terra, mas aqui é só uma salada... Acha que os botânicos que cuidam destas hortas se preocupam em alimentar as pessoas da colônia? Não, querem apenas patentear tal técnica e vendê-la para quem pagar mais. Metade da população das minhas colônias não se nutre com nada além de insonsas barras de proteína sintéticas. As quais lhes são disponibilizadas não graças ao Instituto, mas a um acordo que eu fiz com um laboratório privado, que comprou a patente e o direito de produção delas com o único intuito de lucrar com tal comércio, que é o que está fazendo. Outro um terço, nem sequer tem isso e perece de fome nos níveis mais inferiores... Acha que o Instituto se importa com isso? Acha que pensam nestas pessoas quando abrem garrafas de vinho e champanhe, que custaram centenas de créditos, apenas para comemorar que uma determinada partícula ao ser bombardeada por raios-X responde com uma irradiação tal? Não, só o que querem é ter seus nomes na história, nem que seja simplesmente como o primeiro a cultivar cenouras em Marte ou colher batatas em alguma das luas de Júpiter...

- Se o senhor desgosta tanto ao Instituto, então por que continua como financiador? - a jovem já não tentava sequer disfarçar sua irritação com o falatório de seu interlocutor.

- Por um motivo simples: isto está no contrato que assinei. A cláusula é bem clara: "Em troca da concessão dos direitos exploratórios de cinco quadrângulos marcianos, o concessionado se compromete a destinar uma alíquota de quinze por cento de todo faturamento que consiga com a exploração e comércio de minério nos respectivos quadrângulos de Marte. Os quais serão destinados para o sustento e desenvolvimento das colônias científicas do Instituto Internacional de Ciências Extraterrestres." Chega a ser quase absurdo, gasto mais de setenta por cento dos meus rendimentos com a manutenção estrutural das colônias, com as minas e seus funcionários, mais os quinze do Instituto, não me sobra muito, e ainda há levas e mais levas de "embaixadores" que vem até aqui para me exigir que aumente as doações...

- Usando de porcentagens pode parecer que não lhe deixam muito, mas estamos falando em cifras da ordem de centenas de bilhões de créditos. "Sobra" para o senhor muito mais do que faz parecer...

- Eu fui um dos pioneiros na exploração de Marte, pus em jogo o que meu pai e meu avô construíram, tudo o que minha família conquistou ao longo de gerações. Arrisquei tudo em um projeto que acabou por me deixar no controle da maior empresa de mineração da história. Acha que eu estou sendo injusto ao querer receber o devido retorno pelos meus massivos investimentos? Que sou errado simplesmente por não entrar no teatrinho de seus amigos do Instituto. Acredita que até hoje ainda não recuperei o valor que investi na construção de minhas colônias? Nem creio que o conseguirei, ainda mais com o maldito governo da União me sabotando, enviando para cá todos os indesejados da Terra...

CAPÍTULO 16

- Fala dos exilados? - Karine questionou o velho empresário.

- E de quem mais eu falaria? - Mallus-Bernard retrucou – Você com certeza estudou na escola, a "nobre atitude" da União com seus prisioneiros de guerra... No lugar de executá-los ou mantê-los presos, os mandaram para as colônias no espaço, onde poderiam ter uma "nova vida". Muito humano, muito nobre... Em vez de matá-los, enviá-los para onde não haveria condições deles sobreviverem...

- Não foi assim, as colônias estavam em desenvolvimento, havia poucos voluntários... Os administradores deveriam empregar os exilados em seus esforços para aumentar a colonização, e consequentemente, os trabalhos e a lucratividade das mesmas...

- Então, é isso que ensinam nas escolas? Eu estava aqui e vi acontecer... De início até foi assim. Chegavam as naves com os exilados, fazíamos a triagem, os empregávamos e acomodávamos o melhor possível, até expandimos colônias para algumas novas áreas, construímos novos blocos habitacionais as presas... Mas, então, começaram a chegar mais e mais. Nunca que seríamos capazes de absorver todos. Olhe, eu fundei colônias de mineração, mas sabia que não bastaria trazer mineradores para cá, era necessário estruturar toda uma sociedade para suprir as necessidades deles. Deveriam vir também comerciantes, médicos, cozinheiros, professores e demais profissionais de todas as categorias, que lhes permitissem ter uma vida o mais normal possível. Quis trazer inclusive artistas, para entreter aos demais nos dias de folga... Desta forma fiz minhas colônias para acomodar, confortavelmente, até um milhão de habitantes. Porém, me mandaram, pelo menos, dez vezes esta quantia de exilados, acho que a população de um país inteiro, e queriam que eu me virasse para acomodá-los. Não demorou para que não houvesse mais em que empregá-los, para que armazéns e depósitos fossem convertidos em verdadeiros cortiços, abarrotados de pessoas maltrapilhas e miseráveis. Logo, nem sequer tínhamos como tentar acomodá-las. Sem escolha, simplesmente as largávamos nos níveis inferiores e elas que se virassem... Por tudo o que é sagrado, se é que existe algo que seja sagrado, eram seres humanos, jamais quis deixá-los perecer assim, gratuitamente, mas o governo, que continuava os enviando, não se importava com eles e não nos restava opção...

- Poderia tê-los usado para abrir novas minas, não?

- Você acredita mesmo que é simples assim? Que basta abrir um buraco no chão e ele será uma mina? Faz ideia do quando custa para escavar a rocha em busca de minérios!? O quando nos custa o maquinário e o seu uso... Para você ter uma ideia, um dia inteiro de extração não paga mais do que alguns poucos metros da escavação. Agora pense que os túneis costumam medir dezenas, ou mesmo centenas de quilômetros... Por isso temos que nos limitar a escavar apenas onde há a certeza de jazidas. Uma única escavação em falso geraria prejuízos incalculáveis aos meus negócios.

Houve mais um momento de incomodo silêncio entre os dois, até que Karine, mostrando-se constrangida e estressada, e ciente que aquele diálogo já não conduziria a parte alguma, acabou por soltar:

- Então, creio que já não há o que falarmos, ou ainda há algo mais que queira dizer?

- Oh, minha cara, pensei que poderia induzir-lhe algo de juízo. Faça um favor para si mesma e não se deixe enganar, só o que o Instituto busca é garantir estômagos e carteiras cheias para os seus. E não entenda mal, não sou contra isso, afinal é o mesmo que eu busco e não duvido que seja o que você também busca. O que vem a me incomodar é este esforço por reconhecimento, nem que seja escrevendo seus nomes nas lápides de outros. Posso não ser ninguém para julgá-los e, muito menos, para condená-los. Afinal, antes de tudo, sou apenas um homem de negócios, não um político, nem um cientista. Entenda, o meu mundo funciona da seguinte forma: alguém chega até mim e diz: "encontramos uma área com potencial, temos prospectos de que com este investimento, em tanto tempo, conseguiremos tal lucro por ano". Nisto eu vejo que vale a pena investir, pois, é algo palpável, realizável, uma coisa real. Agora todo esse blá-blá-blá e toda esta procrastinação na qual os "especialistas" do Instituto e seus simpatizantes e entusiastas se perdem produzindo conteúdos puramente teóricos que parecem não ter outra função a não ser convencer as pessoas a continuar lhes financiando a vida... Isto é surreal, beirando o absurdo, e desperdício. Insistir em investir em algo que não traz resultados concretos não é pra mim, gosto de me ver como alguém estritamente pragmático, e você também, se quer ter algo real em sua vida, também não deveria se desperdiçar com estas coisas.

- Se é isto em que o senhor acredita... - a jovem responde desdenhosamente.

- Sim, é. - Bernard respondeu-lhe, assumindo um tom quase antagônico diante do desdém que a jovem deixava claro em sua fala – E espero que seja bem explícita ao entregar a minha resposta aos que a enviaram, duquesa. Já não quero ter que me justificar com outros enviados que foram tolamente convencidos, cuja falta de compreensão de como o mundo prático é distinto do teórico beira a total alienação. Deixo claro que sou um homem de palavra honrável. Não busco, e nem buscarei, deixar de cumprir as condições que me foram impostas, continuarei a sustentar as colônias do Instituto conforme especificado no contrato que assinei com a União. Porém, peço sinceramente que parem de me incomodar, exigindo que eu gaste mais recursos com algo que me traz um retorno, no máximo, ínfimo.

Karine sentiu vontade de dizer mais alguma coisa. Porém, talvez por não ter total certeza do quê, preferiu guardar silêncio e reduzir a sua resposta a um simples "Assim será" enquanto se levantava e virava as costas para o empresário e sua mesa. Este, não parecendo se incomodar, reabriu alguns arquivos na superfície projetora do móvel a sua frente, enquanto se despedia cordialmente de sua visitante, despedida a qual a jovem duquesa, de costas e já a meio caminho da porta, respondeu secamente. Atravessada a porta, a jovem deu com o chanceler Quintine, que havia voltado a se sentar numa das poltronas da sala de espera e lia algum artigo em seu aparelho portátil. Ao vê-la, ele se levantou e, após se aproximar, perguntou-lhe como fora a conversa; ela, demonstrando revolta e contrariedade respondeu um simples "não deu em nada" e seguiu na direção da saída, sendo acompanhada pelo chanceler.

Quintine respeitou a contrariedade de Karine por todo o caminho de saída da propriedade de Mallus-Bernard, e apenas dirigiu-lhe a palavra quando já estavam no monotrilho, em direção a estação:

- Se lhe servir de consolo, ninguém esperava mesmo algum resultado positivo da parte do senhor Mallus-Bernard. - tal comentário fez a jovem fungar e virar os olhos – Viemos aqui apenas por formalidade, para garantirmos que ele não voltaria atrás em sua recusa em aumentar a sua contribuição para o Instituto. Porém, ele não é a única fonte de subsídios para as colônias científicas em Marte. Diante de sua negação em melhorar a contribuição a estas, temos autorização de usar de certos recursos adicionais na negociação com os demais administradores coloniais, de forma que será bem mais fácil assegurar a angariação de fundos para com estes.

- Isso quer dizer que não voltaremos para casa agora, não é... - Karine comentou, se animando. – Para onde iremos agora?

- Visitaremos algumas colônias no "Labirinto da Noite", e no caminho lhe explicarei como a recusa que tivemos ao nosso pedido nos facilitará as próximas negociações.

CAPÍTULO 17

- O conde Guilhermo Jatemburgo Ferrani é o administrador das colônias desta área. - o chanceler Quintine explicava a sua jovem acompanhante enquanto o maglev em que viajavam, já a umas três horas, adentrava a região de vales conhecida como "Labirinto da Noite" - Ele até possui algumas colônias de mineração, porém seus negócios se concentram na área de saneamento. Ele é o principal responsável pelo fornecimento de água para a maioria das colônias. É um negócio bem lucrativo, mas creio que ele não dispensaria uma oportunidade de aumentar sua lucratividade. O conde Jatemburgo é o tipo de homem que gosta de se sentir mais importante do que realmente é.

- E todos os homens não são assim? - Karine comentou jocosamente.

- Bem, infelizmente, creio que isto seja verdade - o chanceler respondeu, também em tom de brincadeira, mas um pouco incomodado, percebendo que em tal comentário a jovem o incluiria também. – Mas creio que, neste quesito, o conde supere a média dos demais homens. Apenas para se ter uma amostra, ao conversar com ele, você deve sempre tratá-lo pelo título, nunca chamando-o apenas pelo nome. Ele consideraria isto ofensivo. Porém, não creio que teremos dificuldades ao lidar com ele, apesar de tudo, ele não é dos mais inteligentes, e, com o que lhe podemos oferecer, será fácil convencê-lo.

O maglev seguiu viagem por mais algum tempo, atravessando desfiladeiros e vales de rocha avermelhada. Seus trilhos magnéticos chegavam, algumas vezes, a correr por sobre a superfície do planeta, acima de dunas que pareciam ser feitas de ferrugem, o que permitia a seus passageiros deslumbrarem-se com belos panoramas marcianos. Chegando a estação de destino, os dois eram aguardados por um funcionário que usava um uniforme simplório e via-se em seu crachá o logo da empresa Ferrani. Este os conduziu pela colônia, que parecia mais precária, com uma aparência mais suja e degradada, do que a que haviam estado anteriormente. As pessoas com as quais cruzavam pelo caminho estavam, em sua maioria, mal vestidas, magras e não pareciam nada saudáveis. Escutavam-se tosses constantes do meio da multidão e viam-se diversas pilhas de lixo e entulho nos cantos das vias.

Não demorou muito para chegarem ao destino a que eram conduzidos, um prédio de escritórios, que se mostrava o mais bem conservado e limpo de toda aquela área. Havia soldados na portaria do prédio, com os quais o funcionário precisou se identificar e pediu que seus acompanhantes também o fizessem. Passada a portaria, o funcionário os guiou e acompanhou até o elevador, através do qual foram conduzidos até o último andar, onde se localizava o escritório do conde Guilhermo, que já os aguardava. Mesmo sem se levantar de sua mesa, e a uma certa distância, percebia-se que era um homem de baixa estatura, de constituição robusta e feições quadradas. A face achatada e o cabelo curto, penteado com excesso de gel, faziam com que sua cabeça realmente parece um cubo, que estaria montado em cima de um retângulo, que seria a forma aproximada de seu corpo truculento. Usava roupas sociais aparentemente caras, e mesmo assim mantinha uma aparência vulgar. Ao sorrir, recepcionando seus visitantes, deixava bem visível seus dentes incisivos, que eram bem grandes e possuíam um espaçamento exagerado entre eles.

- Conde Guilhermo. - Quintine o cumprimentou, em um tom que denunciava que já o conhecia.

- Conde Jatemburgo - Karine o cumprimentou em seguida, assumindo uma tonalidade extremamente cordial, inclusive curvando levemente a cabeça em sua direção.

- Embaixadores, sejam bem-vindos, vamos, sentem-se. Fiquem a vontade. - o conde os respondeu, indicando-lhes as cadeiras à frente de sua mesa. Ele possuía uma voz levemente áspera e um pouco irritante. Ao perceber que o funcionário que acompanhara os dois visitantes até ali permanecia em pé próximo a eles, estralou os dedos para lhe chamar a atenção e, conseguindo-a, lhe gesticulou para que saísse, o que foi obedecido pelo rapaz, mas não sem antes assumir uma expressão irreverente no rosto.

O conde e o chanceler logo se puseram a conversar frivolidades, com o primeiro fazendo as perguntas básicas de "como estava" e "como havia sido a viagem", e o segundo dando prosseguimento no diálogo de conveniências. Ignorar toda aquela ladainha cordial se mostrou extremamente fácil para Karine. Ela se distraiu olhando discretamente os arredores daquela sala. O escritório se ressumia a alguns poucos móveis, todos de metal, e uma série de quadros espalhados pelas paredes. Quadros estes que apresentavam fotos, certificados, desenhos esquemáticos e gráficos. Nada ali poderia se comparar com o escritório de Mallus-Bernard. Não havia nenhuma ornamentação, nada de enfeites, nenhuma ostentação ou opulência. Tudo ali era simplório e cumpria uma função única: contar a história e os "grandes feitos" do conde Jatemburgo, que se mostrava exatamente com a mesma expressão e sorriso sem graça em todas as fotos.

- ... e esta é a duquesa Karine – Quintine chegara ao ponto da conversa que já não podia ser ignorada. Percebendo-se introduzida no diálogo, a jovem prontamente voltou sua atenção ao conde, que voltado para ela, não conseguiu disfarçar um olhar analítico que a correu da cabeça aos pés.

- É um grande prazer, duquesa! - o conde falou, abrindo um sorriso, no qual era impossível não se centrar no largo espaçamento entre seus dentes, com um tom de voz que dificilmente se encontraria uma palavra que melhor o descrevesse do que "bobo", enquanto estendia a mão para cumprimentá-la.

- Igualmente. Conde. - ela respondeu cordialmente (quase se esquecendo de acrescentar o tratamento pelo título), com um sorriso automático e político, estendendo o braço para o aperto de mãos que lhe era oferecido. Porém, o conde Guilhermo Jatemburgo apanhou a mão da jovem, em um movimento que provavelmente planejava-se ser cortês, se levantou e a beijou, a moda que se acreditava que era feito pelos nobres da antiga aristocracia que governou os reinos medievos da Terra. Atitude a qual a jovem teve que se esforçar para não demonstrar certo constrangimento (para não dizer repulsa, palavra que certamente descreveria melhor o que ela sentiu).

Percebendo não ter agradado tanto quando planejava, o conde fechou seu sorriso, se endireitou em sua cadeira e buscou assumir uma expressão mais séria e política, buscando se mostrar um grande homem de negócios.

- Bem, o que vocês têm para me dizer, digam. - ele falou, magnânimo em sua nova postura.

Diante da brecha que lhe fora aberta, Karine iniciou seu discurso:

- Como o senhor conde sabe, somos representantes do IICE. O senhor também deve saber sobre o trabalho do Instituto, que desenvolve importantes pesquisas para a exploração e colonização espacial. Muitas das quais tem se desenvolvido em aplicações práticas para a melhoria das colônias já estabelecidas, como as suas e todas as demais aqui em Marte. O IICE é uma instituição de capital misto, sendo subordinado e financiado pelo Ministério de Exploração Extraterrena e também recebendo apoio e financiamento da iniciativa privada. A qual, nos últimos anos, tem se mostrado crucial para o prosseguimento e aceleração de suas pesquisas e consequentes resultados. Sabemos que, como todo concessionado em Marte, o senhor já contribui com uma alíquota de quinze por cento do faturamento líquido de suas colônias. Porém, visando que é mutuamente benéfico, e portanto do interesse de todos, o desenvolvimento e incentivo das pesquisas do Instituto, gostaríamos de oferecer ao senhor a oportunidade de uma maior contribuição junto ao mesmo. Obviamente que isto deve ser encarado como um investimento de médio e longo prazo e como tal trará também seus benefícios aos aderentes. O senhor e suas colônias receberiam as novas tecnologias desenvolvidas no Instituto antes das demais, o que por si só já lhe concederia incontáveis vantagens competitivas. Mais do que isso, inclusive, o Ministério nos autorizou a ampliar a concessão dos direitos exploratórios a todo aquele que se decidir por aumentar suas contribuições. No seu caso, conde, caso aceite nossa proposta e aumente para no mínimo vinte por cento sua contribuição, podemos lhe entregar a concessão de exploração de todo este quadrângulo de Phoenicis Lacus, ou o do Mar Austral. Podendo ainda, inclusive, dos dois, caso opte por uma porcentagem maior.

CAPÍTULO 18

   - Este quadrângulo é de Mallus-Bernard, não é... - o conde Jatemburgo menciona hesitante.

   - Na verdade, não. - Karine lhe responde firmemente – Todas as terras em Marte são de propriedade do governo da União que, através dos ministérios de astrogeologia e de exploração extraterrena, concede direitos exploratórios a empresários como o senhor Mallus-Bernard. A concessão de tais direitos é submetida aos interesses da União, de seus ministérios e secretarias. É do interesse destes o prosseguimento e avanço das pesquisas do IICE e por isso o contrato concessionário estipula os quinze por cento como doação mínima. Porém, caso se considere que um dos concessionados não esteja cumprindo plenamente com seu contrato, ou que surja uma oportunidade que se mostre mais benéfica aos interesses da União, estes se reservam o direito de rever a distribuição de concessões. O senhor Mallus-Bernard tem a concessão de exploração de cinco dos trinta quadrângulos marcianos, porém ele mantém colônias em apenas três deles, sendo este no qual nos encontramos, um deles.

   - Como disse, esta terra é de Mallus-Bernard. Ele me permitiu administrar esta colônia e algumas outras aqui para prover o abastecimento de água para as suas demais colônias.

- Não, - Karine insistiu, assumindo um tom pedagogicamente corretivo – esta área está sob concessão de Ferdinan Mallus-Bernard. Nós, como embaixadores do Instituto, podemos propor a mudança de concessão, deixando este quadrângulo todo, com suas colônias, na administração do senhor conde, ou de outra pessoa. Desde que demonstremos que tal mudança beneficiária os interesses de nossos superiores, como, por exemplo, um aumento significativo na verba para financiamento das pesquisas do Instituto. Não pense que isto prejudicaria o senhor Bernard, pelo contrário, o incentivaria a aumentar a exploração, expandindo-se para os dois quadrângulos que ele ainda mantém inexplorados. Imagine, senhor conde, o quanto aumentaria seus lucros; em vez de algumas poucas colônias nas "terras de outro", passar a administrar todo um quadrângulo.

- Olhe, - o conde respondeu assumindo um tom defensivo – eu entendo toda esta "teoria burocrática" de vocês, mas também sei como as coisas são na prática. Mallus-Bernard administra estas terras há muito tempo, e também é o líder do sindicato das mineradoras marcianas. É alguém muito influente e com muitos "amigos", realmente não quero problemas com ele.

- Entendemos suas preocupações, conde. - o chanceler Quintine interveio – Porém podemos lhe afirmar que não há risco algum, isto que propomos está totalmente dentro da lei. Caso realmente tema os riscos de alguma retalhação, também temos a opção de lhe conceder o quadrângulo do Mar Austral.

- O Quadrângulo de *Mare Australe*?! Por que vocês acham que eu iria querer esta área? Não é economicamente viável colonizá-la.

- Porém, o senhor conde, explora a calota de gelo no polo meridional, não? - Karine questionou de forma intrusiva.

- Sim, temos uma linha magnética até a calota de gelo. Enviamos trens até ela para coletar gelo e trazê-lo às colônias, para abastecê-las com água. Porém é um erro pensar que uma colônia nas proximidades facilitaria em algo este trabalho. - o conde fez uma pausa, como que realizando cálculos mentais, antes de continuar. - Na verdade, apenas aumentaria os gastos. Os gastos com o sistema de aquecimento de tal colônia acabaria por torná-la insustentável. Nestas latitudes, durante o inverno, a temperatura chega a quase cento e cinquenta graus negativos. Por isso só coletamos gelo durante o verão, e mesmo assim é uma atividade muito dispendiosa. Não só pelos gastos para proteger homens e maquinário do frio extremo, mas porque não se trata de apenas chegar lá, pegar o que se quer e voltar. -

ele realizou uma segunda pequena pausa, na qual parecia organizar seus pensamentos ou tentar se lembrar de algo - O gelo de água que buscamos fica encoberto por uma capa de gelo seco que mede uns dez metros de espessura. Temos que perfurar esta capa e, então, escavar e retirar os blocos de gelo de água, é demorado e tudo feito a uma temperatura de uns sessenta graus abaixo de zero, que parece ser ainda menos, por estarmos trabalhando encima de uma calota de gelo. Depois ainda temos que trazer os blocos de gelo e condicioná-los em câmaras especiais, para podermos derretê-los e transformá-los em água, já que, devido a alguma coisa a ver com a baixa pressão atmosférica, eu não entendo os detalhes, o gelo aqui vira direto vapor em vez de líquido. Resumindo: é muito caro produzir água em Marte. É claro que temos lucro, ninguém aqui é besta de trabalhar de graça ou insistir num negócio que gera prejuízo. Mas, não teríamos lucro suficiente para sustentarmos uma colônia, ainda mais uma que só seria utilizada metade do ano e na outra metade ficaria completamente isolada, apenas gastando recursos com aquecimento para impedir que seus moradores virem picolé de gente.

- Olhe, conde, tenho que confessar que o senhor está me desapontando, tenha na memória que o senhor era um homem ousado e de visão. - Quintine tentou apelar ao ego, que sabia ser o ponto fraco do empresário a sua frente. - Mas, olhe só, o senhor está deixando escapar por entre os dedos uma oportunidade excepcional...

- Que existem riscos, sim, concordamos – Karine, percebendo a estratégia do chanceler, se pôs a ajudá-lo -, mas, qual investimento não apresenta riscos? Os homens que puseram seus nomes na história não foram justamente os que se expuseram a empreendimentos dos mais arriscados?

O conde Guilhermo pôs suas grandes mãos sobre sua mesa, como que para descansá-las após carregar algo muito pesado, e olhou para seus visitantes, abrindo um sorriso, o mesmo sorriso, que por falta de uma expressão melhor, poderia ser descrito como "sem-graça", que se via nas diversas fotos espalhadas pelas paredes de seu escritório.

- Vocês vieram da Terra, estão aqui há o quê? Dois, três dias? - ele falou com um ar de alguém que fala de algo que entende bem mais do que quem lhe ouve.

- Dois dias. - Karine lhe informa solicitamente.

- Não entendem como as coisas estão por aqui... Ninguém mais quer fundar colônias em Marte. Tudo culpa destes malditos exilados que entupiram as colônias. Essa... - o conde pareceu buscar a palavra certa por alguns segundos – superpopulação de miseráveis está tornando tudo insustentável. Além de afugentar as pessoas de bem. Praticamente todos os que puderam voltar para a Terra, o fizeram assim que perceberam que a coisa ia ficar feia. Ficaram só os que não tinham condições, e os que investiram dinheiro demais aqui para deixar atrás. Vocês, pelo menos, ficaram sabendo da... – ele pareceu novamente buscar em sua mente a palavra que queria – rebelião numa das colônias de Bernard, não é? - Karine fez que sim com a cabeça. - Pois eu acho que aquilo foi só o começo. Eles ferraram com tudo e agora vão começar a jogar a culpa uns nos outros, e em nós... Eu já não saio mais de casa sem seguranças do lado...

A conversa se prolongou por um pouco mais de tempo, porém sem mudança alguma de direção. O conde se mostrava determinado em não se arriscar a problemas com Mallus-Bernard e irresoluto da inviabilidade de se colonizar os extremos meridionais de Marte. Karine e o chanceler saíram do prédio de Jatemburgo tão desapontados quanto da mansão de Bernard. Eles seguiram para a estação e esperaram pouco até a chegada de um maglev que os levaria a outra colônia.

Após os visitantes se retirarem de sua presença, o conde acionou um comando em sua mesa, que abriu sua lista de contatos. Ele localiza o nome de Mallus-Bernard e o seleciona, iniciando uma chamada, enquanto mencionava para si mesmo, olhando para a porta pela qual os dois haviam saído, como se eles ainda estivessem ali:

- Creio que o senhor Bernard gostará de
saber das ofertas que vocês andam fazendo...

CAPÍTULO 19

O itinerário daquele dia ainda os levaria a visitar outros dois administradores de colônias daquela região. Ambos, porém, resultaram em ter as mesmas objeções ante as mesmas propostas. Todos pareciam se esforçar para evitar atritos com o velho senhor Mallus-Bernard até mais do que estavam dispostos a se esforçarem por ganhar dinheiro, e também pareciam compartilhar a decepção com a colonização marciana do conde Jatemburgo. Já ao entardecer, na aparentemente abandonada (e suja) estação da terceira colônia (que também não se mostrava, em geral, muito limpa), quanto haviam se decidido que era melhor retornarem a suas instalações para tentarem mais sorte em outro dia e em outra área, e esperavam o maglev que os levariam de volta, Quintine comentava desdenhosamente:

- Ah, sinceramente, não consigo entender como estes "poderosos homens de negócios" podem ter tanto medo de um idoso nonagenário...

Karine parecia não escutá-lo, preocupava-se com os milhares de pensamentos que lhe vinham na mente ao mesmo tempo. Tentava digerir tudo o que escutara naquele dia, como que tentando separar desculpas esfarrapadas de motivos reais, e simples ignorância de argumentos concretos. Ela só deixou este êxtase quando viu o longo comboio de vagões parar silenciosamente na estação e abrir suas portas para levá-los de volta aos seus apartamentos. A viagem fora igualmente silenciosa, da parte de ambos, já que o chanceler parecia ter finalmente percebido que sua parceira não estava disposta a conversar. A única troca de palavras que ouve entre eles foi a despedida, quando se separaram diante das portas de seus apartamentos, cada um adentrando ao seu próprio. Ela se dirigiu diretamente ao banheiro, para um demorado banho, passando longo tempo parada embaixo do chuveiro, apenas deixando a água quente escorrer por seu corpo. Em um dado momento o pensamento de "estar desperdiçando um recurso raro e valioso em um planeta desértico" lhe surgiu, porém, ele foi rapidamente cauterizado por um segundo, de que, na verdade, "estava aumentando os lucros do conde Jatemburgo, garantindo empregos para seus homens". O vapor se espalhou pelo quarto de banho, embaçando totalmente o vidro do box e o espelho.

Após o relaxante tempo embaixo d'água, ela vestiu um grosso roupão (ela pensou em permanecer apenas enrolada na toalha, mas, mesmo com o aquecedor ligado, ela ainda sentia frio, e por algum motivo não quis colocar o aquecedor no máximo, talvez tivesse alguma coisa a ver com a emissão de clorofluorcarbonetos, mas nem ela tinha certeza) e se acomodou no belo sofá da sala de estar, diante de uma grande tela. Pegou seu aparelho portátil, o sincronizou com a tela e a ligou. "Se não quisessem que eu a usasse não a teriam deixado aqui", repetiu para si mesma. A tela se iluminou apresentando a interface de menu inicial, conectada as redes de mídia, Karine olhava para tela, fazendo sensores de retina da câmera no topo dela detectarem seu olhar e mover a seleção por entre as opções apresentadas na tela. Ela passou pela opção de "Buscar conteúdos" e acabou optando por "Ver conteúdos em alta". Imediatamente abriu um vídeo com o narrador dizendo: "Promoção imperdível, você não pode deixar de aproveitar...", ao que a garota falou automaticamente o comando de "Próximo", fechando aquele vídeo e abrindo outro, no qual uma modelo vestida apenas com lingerie (que parecia ter vindo de algum catálogo bem caro) agia como apresentadora, falando com um tom lento e sugestivo na voz enquanto parecia ler algo por trás das câmeras, dividindo o primeiro plano com as miniaturas de outros vídeos, que aumentavam de tamanho enquanto ela as anunciava (enquanto na parte inferior ficavam passando os nomes dos patrocinadores daquele programa, que incluíam uma variedade de negócios, desde grupos farmacêuticos e fabricantes de anticoncepcionais, até academias, centros estéticos e fabricantes de aparelhos eletrônicos; e na parte superior piscava o anúncio "Envie seus vídeos – Pagamos por exibição"):

- Nos envios de hoje do nosso canal Pegação Total: a Chrystine quis exibir pra todo mundo o amasso gostoso que teve com os amigos William e Michel, a Silmara quis mostrar pra Myryam que já tá em outra, catando de jeito o Gustavo, e o Fernandson e a Ayoshi mandaram mais um vídeo, parece que eles querem mesmo o título de casal mais safado da Terra, desta vez eles...

- Próximo. - O comando saiu de Karine em uma voz entediada.

Um novo vídeo apareceu, com toda a aparência de ser um programa jornalístico. O apresentador, um homem de terno (porém sem gravata e com a gola desabotoada) e um pouco acima do peso esbravejava (enquanto a papada embaixo de seu pescoço tremia de uma forma que, para Karine, variava entre o cômico e o asqueroso, com a forma que ele falava e os movimentos bruscos que fazia):

- Meu, é inconcebível uma coisa destas, o cara ai, que deveria estar "protegendo vidas", tirando uma vida a sangue frio e com claros requintes de crueldade. Tá o outro era bandido, fez coisa errada... Ok. Mas ele já havia sido capturado, já estava preso; não tinha necessidade disto. Mas agora eu lhes pergunto, meu amigo, minha amiga, você se sente seguro sabendo que sua segurança depende destes tipos de pessoas? O governo deixa nossa segurança nas mãos de soldados que sentem prazer em puxar o gatilho e tirar uma vida, acham isso certo? Esse cara não é melhor que qualquer marginal... Na verdade é até pior, porque fez um juramento de proteger as pessoas e ai faz uma coisa desta... Se depender desta "segurança pública", que não passa de uns bonequinhos do governo pra matar uma cota do que dizem que são ladrões, estamos todos perdidos. - o apresentador passa as mãos no cabelo, parecendo se acalmar e diz, olhando para a câmera: Agora vamos ter uma mensagem do nosso patrocinador, e já voltamos com mais notícias.

O apresentador sai de cena repedindo, como que para si mesmo, o quanto a segurança pública estava desencaminhada, até que a imagem corta e se inicia o comercial, onde um narrador fala com voz macia:

- Neste nosso mundo caótico, onde as forças públicas parecem cada vez mais incapazes de nos entregar a segurança que prometem, acaba ficando em nossas próprias mãos cuidar do que é importante para nós. É por isso que a *LifeSaver*, Segurança Particular, quer ser sua parceira protegendo tudo o que é mais valioso para você. Contate-nos e conheça nossos planos para...

- Próximo... - Karine repete quase que sílaba por sílaba, ainda mais entediada do que antes.

- Já está disponível o novo episódio de Super Wadyas! - um narrador anunciou com voz imponente e animada, enquanto surgia na tela as imagens de um desenho animado, onde duas garotas usando roupas de super-herói, que mais pareciam fantasias de *sexshop*, lutavam contra um robô gigante de aparência antiga e malévola. Enquanto lutavam com acrobacias e super-golpes, elas conversavam entre si, como se não sentissem qualquer esforço no combate:

- Ah, o Jack é tão gatinho, não é mesmo?! Queria tanto dá uma ficada com ele... Pena que ele é meu irmão...

- Ai, o quê que é isso?! Você tem o quê? Uns mil anos?!

- Não... Só tenho duzentos e quarenta e três, e todos concordam que não aparento nem cento e vinte. - a primeira garota respondeu com um tom sonso na voz enquanto socava repetidamente o peito do robô que, apesar do tamanho, parecia incapaz de se defender.

- Você é uma garota moderna, forte e independente - a segunda garota continuou. - Tem total direito sobre sua vida e o seu corpo e pode fazer tudo o que quiser, e com quem quiser! Após terminar sua fala, a garota realiza um salto-mortal e pousa com um chute na cabeça do robô gigante que enfrentava, amassando e destroçando-o. Grandes quantidades de óleo espirram e escorrem em várias direções, como se o robô sangrasse. A garota, em pé em uma posição triunfante sobre o inimigo derrotado, limpou a sujeira de suas sapatilhas e retornou, em um segundo salto mortal, para o lado da primeira, onde pegou algo atrás das costas e completou sua fala, enquanto entregava o pequeno objeto a parceira:

- Você só não pode esquecer disto aqui.

A imagem se concentrou na embalagem de um preservativo (da marca que claramente era a patrocinadora daquela animação) enquanto as duas riram consentidamente e se ouviu um "É isso ai!" da primeira. Na embalagem em foco se podia ver com certo destaque as expressões "Preservativo inteligente" e "Autoajustável".

Neste momento, o vídeo escureceu e o seu volume baixou a um nível quase inaudível, caindo para segundo plano, enquanto no canto inferior direito aparecia uma sobre-tela com o informe "Recebendo ligação", e as opções de aceitar ou recusar.

CAPÍTULO 20

- Aceitar ligação – Karine deu o comando a seu aparelho.

A sobre-tela no canto inferior direito se maximizou, tomando a tela inteira. Apareceu o rosto moreno do jovem doutor Gollstën, a chamando do planeta Terra.

- Olá, duquesa! - ele a saudou alegremente, ainda que com uma pequena defasagem entre o áudio e a imagem.

- Olá. Nossa, a quanto tempo não o vejo. - ela não queria demonstrar (talvez por não saber o por quê), mas estava mais feliz em revê-lo do que esperava.

- Estive bem ocupado com alguns trabalhos e projetos, só agora tive tempo livre... - ele se justificou num tom de desculpas forçosas e com um sorriso dissimulado, antes de desconversar, retomando o tom animado. - Então, olhe só, você conseguiu, hein. Realmente está ai em cima, nos olhando desde o céu. Não é capaz de imaginar a minha inveja.

- Acho que é questão de ponto de vista. - ela respondeu com uma humildade fingida. - Olhando daqui, é você que está no céu. Além do mais, não é tão bom quando esperava. Faz muito frio e não tem nada para se fazer por aqui, parece que não tem uma festa sequer em todo este planeta. Só tem o trabalho e... não está indo tão bem quanto esperava...

- Difícil negociar com os homens marcianos não é? Sabia que ia ser. São uns cegos, tem visão apenas para o aqui e agora e são incapazes de reconhecer as promessas que a ciência faz ao futuro da humanidade. Se todas as pessoas tivessem o mesmo ponto de vista que eles... Ainda estaríamos presos ao continente europeu, queimando idosas por colherem ervas medicinais, acusando-as de terem transado com o diabo. Graças as grandes mentes do passado que não se acomodaram a pequenez intelectual de suas épocas é que chegamos aonde estamos hoje, colonizando o espaço!

- Nossa, acho que deveriam tê-lo mandado no meu lugar. Acho que vou usar estes argumentos na próxima entrevista. Embora tenho certeza que nenhum argumento funcionaria com Ferdinan Mallus-Bernard. Nossa, que velho egocêntrico insuportável, você não faz ideia...

- Pra você falar assim, imagino... Mas, vamos, você fez uma viagem numa espaçonave e está em outro planeta! É uma experiência única, tem que ter coisas boas nisso.

- Ah... Acho que ainda não tive chance de procurá-las. Achei que, pelo menos, teria a visão de um céu noturno com duas luas, mas não consigo achá-las, pelo menos não das janelas que tenho aqui.

- Ah, Fobos e Deimos. Realmente, não são tão fáceis de se ver. São muito menores que a Lua da Terra e tem um formado ovalado. Não são tão mais brilhantes dos as que estrelas no céu. Se não me engano é raro ver as duas no céu ao mesmo tempo. Hã, espere um pouco – ele passou a mover as mãos sobre a mesa em que estava, como que procurando algo em uma outra tela, fora do ângulo de visão que Karine tinha dele. - Ah está aqui, Fobos pode ser vista no céu toda a noite... olha que curioso, nascendo no oeste e se pondo no leste, é a direção contrária da maioria dos astros celestes... Já Deimos é mais raro de ver, só aparece a cada três ou quatro noites. Na sua localização, Deimos estará visível na noite da próxima terça-feira, nascendo, como esperado, no leste, e as duas luas estarão lado a lado no céu pouco antes das três da manhã. Olha que fato interessante, devido a grande diferença da distância que cada uma das luas está de Marte, Fobos circula o planeta duas vezes por dia, enquanto Deimos leva cerca de três dias para completar sua órbita.

- Terça, as três da manhã? Vou programar meu despertador. - ela disse forçando um tom bem-humorado, mas sem conseguir disfarçar um certo desânimo.

- As coisas não lhe parecem bem... Está realmente difícil? - ele falou solidário.

- Não posso dizer que não estou um tanto decepcionada com as coisas aqui. Digo, esperava mais das colônias. Mas... Elas parecem... - ela falou pausadamente como que pensando na palavra que queria. – Abandonadas. Todos com quem falei pareciam também decepcionados. Todos reclamam dos "malditos exilados" e de como eles frustraram seus planos ao serem enviados para cá. Falam de como os investidores fugiram a medida que as colônias se encheram de miseráveis, e alguns até falam do medo de "rebeliões"...

- Bom, é realmente inegável que a projeção de lucro das colônias diminuiu significativamente após começarem a ter que sustentar os exilados que lhes foram enviados. Pra você ver como é, eles fodem com tudo pra eles mesmos, e, como se não bastasse, também nos prejudicam...

- Acho que eles não tem culpa destas coisas. Eles foram tirados de seus lares e famílias e jogados aqui. Muitos simplesmente abandonados a própria sorte, sem a mínima ideia do que fazer...

- Olá, século vinte e um! Você está falando como uma política populista... - o jovem falou rindo (ainda que o *delay* da transmissão dificultasse um pouco entender o sarcasmo da mensagem). – A verdade é que eles são responsáveis pela situação atual deles sim. Olhe todos tem suas oportunidades, não as mesmas, é claro, mas todos as têm. O problema é que muitos preferem ficar invejando as oportunidades que os outros têm em vez de irem atrás de descobrirem e aproveitarem as deles próprios. Ai acabam na miséria e, não aceitando a própria responsabilidade nisto, buscam culpar os outros. E os culpam simplesmente por, ao contrário deles, saberem aproveitar as oportunidades que a vida lhes deu. Eu mesmo, por exemplo, já cansei de encontrar com tipinhos que querem diminuir os meus méritos porque eu fiz faculdade como cotista. Falam como se não fosse esta política de cotas, eu não teria me formado... Hã, a bolsa como cotista foi apenas uma oportunidade que apareceu na minha vida, que eu soube identificar e aproveitar. Minha formação se deu pelo meu esforço nos estudos. Mas sempre vão aparecer uns babacas, que não tem nada na vida por não irem atrás de suas próprias oportunidades, querendo me diminuir...

- Sabe que não sou destes charlatões populistas. - Karine falou se sentindo ofendida. - Mas já que você falou de identificar e aproveitar oportunidades, estou pensando aqui que poderia usar estes exilados. Enquanto todos reclamam o quanto eles prejudicam os negócios, eu poderia utilisá-los para alavancar minha carreira política. Daí, mesmo que não consiga aumentar a arrecadação de fundos para o Instituto, a viagem não seria uma perda total. Afinal quantos políticos não fizeram suas carreiras apenas dando uma de filantropos com projetos sociais...

- Está dizendo o quê? Um projeto de "cotas para exilados". Acho um pouco difícil, eles não podem voltar à Terra, e não há uma "Universidade de Marte". - o jovem respondeu em tom de piada.

- Não essa questão de cotas. Mas, alguma coisa de ajuda social... Tipo, eles estão passando fome e necessidades aqui, por mais que sejam exilados, temos que lhes garantir os direitos humanos, não é? Agora pense, se fosse eu quem "abrisse os olhos do mundo" para tal situação, posso usar isto em uma campanha e ser eleita até mesmo para assumir um ministério ou uma secretaria da União. Sou uma duquesa, lembra? Então posso me candidatar para estes cargos, só preciso de algo que me dê visibilidade suficiente para ser eleita. Nossa, se eu conseguir, minha vida está feita e, de quebra, ainda faço algumas boas ações.

- Olha, acho que não é tão simples assim...

- Agora o que eu preciso é de material, para montar um portfólio e fazer uma boa apresentação que conquiste financiadores para minha campanha. - ela comentava quase que consigo mesma, ignorando o tom de preocupação demonstrado por seu amigo. - Já que eu estou aqui, basta baixar aos níveis inferiores e fazer alguns vídeos e fotos de como os exilados vivem aqui. É, é isso mesmo que vou fazer! - ela se levantou do sofá animada, claramente reenergizada pela perspectiva de novos planos e realizações, e correu até o quarto para buscar roupas mais grossas, para se proteger do frio que deveria fazer na noite marciana do lado de fora do apartamento, deixando a chamada aberta e ignorando o rapaz na tela que tentava persuadi-la:

- Mas você está querendo ir lá agora?! E sozinha? É de noite ai, não é? Acho que não é seguro, você pode...

Ele estava quase gritando, tentando chamar a atenção da garota, mas foi inútil. Sem nem mesmo deixá-lo terminar sua argumentação, ela se pôs novamente a frente da tela, se despedindo:

- Ok, estou indo lá, sabe como é né, não posso perder tempo se quiser bons resultados. Obrigado pela ideia, Tchauzinho!

Ele tentou falar algo em resposta e mostrar mais alguma objeção, mas ela apanhou o pequeno aparelho no braço do sofá, desconectando-o da chamada e da tela do apartamento, e saiu.

CAPÍTULO 21

Karine seguiu por uma viela que levava de seu prédio até a estação de monotrilhos mais próxima. Saindo, não se deu conta que um homem, do outro lado da via, que parecia estar se dirigindo para o prédio do qual ela saíra, a ficou encarando, como se a reconhecesse e estivesse se perguntando para onde ela estaria indo. Uma vez na estação, ela não precisou esperar muito entre as poucas pessoas que ali se encontravam, também aguardando o transporte, até que o veículo estacionasse, abrindo suas portas. Ninguém desceu naquela estação, e umas poucas pessoas entraram e tomaram assentos rapidamente. Ainda não eram nove horas da noite, deveria faltar um bom tempo para a troca de turno nas minas e fábricas, de forma que as poucas pessoas que compartilhavam o transporte com ela, provavelmente, seriam trabalhadores com horários alternativos ou que prefeririam chegar antecipado a enfrentar a lotação dos horários de pico.

O monotrilho mergulhou no abismo, seguindo junto às paredes de rocha escura. Ele parava em todas as estações no caminho, mesmo que, na maioria delas, não houvesse nenhum embarque ou desembarque. Na verdade, foi apenas em uma delas, em um dos níveis residenciais intermediários, que entraram oito ou nove passageiros e desceram uns dois ou três.

Alguns dos que entravam cumprimentavam os que já estavam no veículo. Um deles, inclusive, cumprimentou Karine, ao passar pelo banco que ela ocupava, com um aceno de cabeça automático, movido apenas por educação, que fora quase imperceptível entre o gorro de lã que lhe cobria a cabeça e o cachecol sobre o pescoço. Fazia muito frio, todos usavam grossos casacos e as respirações se condensavam diante dos rostos. As poucas conversas que haviam no veículo eram em tom de murmúrios, e eram mais visíveis, pelas nuvens de vapor a frente das bocas, do que audíveis. Vez e outra ouvia-se alguém tossindo, ou até mesmo uma risada abafada e rouca dentre os que conversavam, mas a viagem seguia, a maior parte do tempo, em um silêncio deprimente. Após passar pelo último nível residencial, o veículo desceria um bom tempo sem que se visse nenhum outro nível ou estação. Agora mergulhava na escuridão mais profunda. Não se podia ver nada ao redor, e até mesmo o céu estava fora de visão, a única luz que existia era a do interior dos vagões, e mesmo esta, além de não iluminar nada dos arredores, oscilava ocasionalmente. Por fim, uma fraca luminosidade pôde ser percebida muito abaixo deles, que vinha se aproximando cada vez mais. Era o nível mais inferior daquela colônia.

O veículo parou na estação mal iluminada e todos desembarcaram. Karine foi a última a descer, viu as portas do vagão se fecharem atrás dela e ouviu o som metálico do monotrilho sendo reativado, ela se virou e pôde vê-lo ascendendo pelo mesmo caminho que viera, com a fraca iluminação, emanando de suas janelas, se perdendo caminho acima. O ar naquele local era estranhamente denso e pulverulento, e, em toda parte, se sentia um cheiro que lembrava fuligem. Cada respiração parecia fazer uma camada de pó grudar no fundo da garganta, de forma que Karine não conseguiu evitar uma crise de tosse, a qual não chamou a atenção de ninguém ao seu redor, aquilo deveria ser comum ali.

Ela seguiu caminhando pelo local, toda a área tinha uma iluminação precária e era bem mais fria do que ela esperava. Mesmo com as grossas roupas, ela se pegou tremendo, e forçando a mandíbula para não deixar os dentes baterem uns contra os outros. Não precisou andar muito para começar a encontrar pessoas reunidas junto as paredes das construções do local. Estavam menos agasalhadas do que ela, porém, pareciam resistir melhor a baixa temperatura, "deve ser o costume", ela concluiu em seus pensamentos. Alguns pareciam esperar em filas próximo a entrada do que deveriam ser fábricas ou depósitos, outros pareciam simplesmente estar ali, sem nenhum propósito, permanecendo naquele local simplesmente por não estarem em outro. Ela ficou olhando-os por um pouco, pensando ter encontrado algo do que queria, mas quando percebeu que algumas daquelas pessoas a encaravam de volta, temeu pegar o aparelho portátil para os filmar ou fotografar, como planejara fazer. Ainda temerosa, ela continuou caminhando, um leve arrependimento despontou em sua mente, do qual ela se distraiu quando o que via ali a lembrou de cenas vistas em filmes, onde moradores de rua de grandes cidades se reuniam em torno de fogueiras feitas dentro de barris para se aquecer, chegando a olhar ao redor buscando algum fogo. Nisto, veio a sua cabeça que estavam em uma atmosfera artificial, e fogo consumia oxigênio, logo deveriam haver leis que proibissem fogueiras. Tal pensamento fez surgir também a dúvida de como deveriam funcionar os sistemas de calefação da colônia, mas ela logo abandonou tais pensamentos, procurando se concentrar em seus planos. Ela explorou o local distraidamente, sem perceber que, ao longe, diversos vultos se moviam, de forma como que quisessem evitar de serem vistos.

Enquanto caminhava ao longo de um sistema de tubulações, percebeu que diversos canos e tubos emitiam um certo calor. Talvez por isso ela acabaria não se surpreendendo muito ao perceber algumas pessoas se movendo por entre as tubulações, ainda que tal visão, de relance, a tenham assustado. Mesmo assim, ela acabou se distraído ao ver um texto escrito numa parede. Embora, logo após o primeiro vislumbre ela já tivesse desistido de lê-lo, pois estava escrito com letras estranhas que formavam palavras sem nexo, ou mesmo ilegíveis. Porém, ela continuou olhando o texto, apenas admirando as estranhas letras, quase que achando graça nelas. Percebeu que as letras R e N, quando apareciam, estavam invertidas, como se quem as escreveu as tivesse desenhado de trás para frente, existiam duas letras que pareciam ser o A, uma com a forma tradicional e reconhecível, e outra com formas mais quadradas, no meio de muitas palavras via-se também o que mais pareciam os números 3 e 6 do que letras, além de outras que ela sequer reconhecia, como um W de forma quadrada e alguns caracteres que mais pareciam símbolos abstratos do que letras.

Distraída com esta frivolidade, seu coração disparou ao ponto de quase infartar, quando um homem a abordou pelas costas. Segurando-a pelo ombro direito, ele a girou, pondo-a de frente para ele. Com o susto, ela tentou se afastar do estranho, porém suas costas bateram contra a parede, de forma que ela se viu encurralada e, sem escolha, encarou o homem que a segurava pelos ombros. Ele tinha uma aparência grotesca e estava completamente bêbado. Karine sentiu um fedor que mesclava álcool e carniça em um nível que ela sequer considerava possível. Ele pareceu sorrir para ela, a barba de vários dias por fazer não escondia seus dentes amarelados, e falou, ou tentou falar, alguma coisa, sendo que, apenas o sentir seu hálito, quase embriagou a garota. Não havia como saber se ele falava em outro idioma ou se era a embriaguez que embolava suas palavras, mas Karine não entendeu nada do que ele dizia, ainda que tenha parecido que ele lhe perguntava alguma coisa. Sem compreender nada, ela não esboçou resposta, a não ser um leve sacudir de cabeça, que buscava demonstrar que ela não o compreendia. Ele insistiu com o que parecia uma nova pergunta, que também ficou sem resposta, por fim ele pareceu lhe dizer algo, desta vez em um tom de afirmação, e lhe soltou, seguindo numa caminhada cambaleante e falando mais coisas incompreensíveis, talvez falasse consigo mesmo ou talvez a estivesse xingando, Karine não teria como saber. Ela ainda o acompanharia com o olhar e até percebeu alguém o chamando do meio das tubulações, achando engraçado por que lhe pareceu escutar aquele homem ser chamado de "titia Vânia", não conseguindo segurar um risinho. Ela ainda sorria quando se virou e levou um novo susto, se deparando com um segundo homem, este porém, sóbrio, uniformizado e empunhando uma arma (pelo menos este não fedia). Ela o encarou assustada e percebeu no uniforme, sobre o peito, o logotipo das empresas de Mallus-Bernard, ela foi distraída desta visão apenas quando o homem lhe perguntou rispidamente:

- Quem é você e o que está fazendo nesta área?!

CAPÍTULO 22

- E... eu... só estou andando um pouco... - Karine respondeu ao homem que parecia um segurança, ou um guarda, tentando não demonstrar se sentir intimidada, embora não o conseguisse.

- Esta não é uma área de passeio. - o homem respondeu de forma ainda mais intimidante, porém, seu olhar mudou de súbito enquanto encarava a garota, até que, em um tom menos ríspido, tornou-lhe: Espere um pouco, você é do Instituto não é? A tal duquesa...

Karine lhe confirmou, balançando a cabeça positivamente. Um alívio lhe tomou ao ser reconhecida, embora não fizesse ideia de onde aquele homem poderia já tê-la visto, acabou chegando a conclusão de que aquele seria um dos seguranças da casa de Mallus-Bernard, que a teria visto quando ela o visitou, de manhã. Ele moveu levemente a mão esquerda na arma, encostando em um pequeno controle (o que acionava o pequeno aparelho comunicar que se via ao redor de sua orelha direita), começando a falar:

- Aqui é quatro-sete-vinte e um-Charlie, encontrei uma garota, parece ser a duquesa do Instituto... - ele permaneceu em silêncio, olhando firmemente para ela (ela sabia o que estava havendo, ele a estava filmando e mandando as imagens para seus superiores, para reconhecimento facial e confirmação da identidade, por isso permaneceu séria e firme diante dele, ainda que não conseguisse localizar onde, em seu equipamento, estaria a câmera). Após alguns instantes, aparentando ouvir algo que lhe diziam, ele respondeu um "OK" ao comunicador e se voltou novamente para Karine: - Esta é uma zona perigosa, irei conduzi-la de volta ao nível residencial.

Ele se virou e estralou os dedos algumas vezes (o que produzia um som quase inaudível, por ser abafado pelas luvas que usava) chamando um outro homem que estava ali próximo para junto de si, este usava o mesmo uniforme e empunhava o mesmo modelo de arma, Karine não entendia de armas, mas aquelas pareciam ser modelos muito modernos. Os dois conversaram baixo, de forma que ela não conseguiu ouvir as palavras, mas percebeu que falavam dela. Ela se adiantou e lhes disse:

- Não precisam se incomodar, eu estou bem e posso voltar sozinha para meu apartamento. Vou retornar até a estação e...

Os homens a encararam seriamente, interrompendo-a e ignorando o que ela dizia, o primeiro insistiu:

- Temos ordens para levá-la... de volta. - o tempo de silêncio entre o "levá-la" e o "de volta" deu uma estranha sensação em Karine de que o homem não havia se esquecido de completar a sentença, mas que a frase que queria dizer terminaria realmente no "levá-la".

Aparentemente sem escolha, ela passou a acompanhá-los. Após alguns metros de caminhada, um deles respondeu ao comunicador: "Entendido", se voltou para o parceiro e lhe fez um gesto com a mão, este lhe questionou um "Tem certeza?", o que foi respondido com um gesto de positivo com a cabeça. Um deles encostou a mão no ombro de Karine, empurrando-a suavemente, enquanto dizia um "Por aqui". Eles entraram em um caminho que de um lado era margeado por uma infinidade de tubulações e do outro pela parede de alguma construção, mais a frente se via a parede se prolongando na direção dos tubos, estreitando o caminho. Um dos homens deu uma longa olhada nos arredores, enquanto o outro permanecia imóvel ao lado da garota. Ouviu-se um som baixo, como de algo sendo energizado, e Karine percebeu que o som vinha das armas que os dois carregavam.

- O senhor Bernard mandou um recado - um dos homens falou, com a voz baixa e indiferente, fez uma pausa e soltou um suspiro profundo antes de continuar. - Ele havia mandado alguém pra conversar com você, se tivesse ficado em seu apartamento, seria apenas uma conversa, tentando te persuadir... - Karine sentiu um incomodo no estômago, a respiração paralisar e sua pressão sanguínea cair. - Mas, como você veio até aqui embaixo, não querem desperdiçar a chance...

Ela pressentiu o soldado atrás de si erguendo a arma em sua direção, mas estava paralisa de medo ao ponto de sequer conseguir piscar. O transe de medo em que se encontrava só foi quebrado quando, do meio das tubulações, se ouviu uma sequência de estouros ensurdecedores. Simultaneamente a estes estouros, nuvens de poeira e fragmentos se espalharam em pontos da parede e do chão ao redor deles. O homem atrás dela gritou de dor, como que atingido por algo, e caiu bruscamente no chão, sua arma disparou, ao que pareceu, por acidente, fazendo uma nuvem de poeira se levantar da parede, avançando contra o rosto da garota. O desespero lhe tomou conta e ela se jogou no chão, encolhendo-se, sentando contra a parede, tentando, instintivamente, proteger a cabeça com os braços e pernas. Seus olhos corriam por todos os arredores, como que buscando algo em que se concentrar, enquanto um medo desesperador crescia cada vez mais. Em um relance, viu um dos homens que a conduzira até ali arrastando o companheiro ferido para trás de uma grossa tubulação, buscando alguma proteção, e também viu um outro rapaz saltando do meio das tubulações, empunhando uma arma de aparência bem antiga, que ele disparou algumas vezes na direção dos dois primeiros. Cada disparo produzia um som de estouro extremamente forte, praticamente ensurdecedor, como se o mundo ao redor explodisse; e, cada vez que a arma explodia, fazia todos os músculos e nervos de Karine se retraírem simultaneamente, arrebatando seus sentidos. Diante de tal situação, sua reação foi se contrair cada vez mais, a cabeça, envolvida pelos braços se pressionou contra o peito, e as pernas se juntavam cada vez mais ao corpo. Sem perceber, ela também começava a se inclinar, comprimindo-se mais e mais contra a parede, aparentando deitar no chão, enquanto lágrimas brotavam dos olhos e um grito mudo lhe entalava a garganta. Por um instante tudo ao seu redor pareceu desaparecer, ao ponto de sequer perceber as demais pessoas que saiam do meio das tubulações, por detrás do homem armado, e corriam na direção em que aquele caminho se estreitava.

Completamente zonza, com o coração disparado e a respiração ofegante, Karine estava a ponto de perder completamente a consciência, tomada pelo pânico. Fora neste instante que ela sentiu algo zunir por sobre sua cabeça e, na sequência, a parede pouco a sua frente estourou em uma nuvem de poeira e fragmentos, muitos deles lançados contra ela. Ao ser atingida, ela começou a gritar apavorada, enquanto se contorcia e movia os membros histérica e irracionalmente. Ela só deixou tal frenesi quando sentiu uma mão ser posta firmemente em seu ombro. Ao encarar quem lhe fazia aquilo, se deparou com uma garota de cabelo curto que lhe gritou:

- O que está fazendo, sua louca?! Está querendo morrer? Saia logo daqui!

Karine a ouviu, mas era como se não houvesse compreendido, ela não conseguia pensar, nem se mover, o pânico a havia paralisado. A garota de cabelo curto, ou talvez fosse um rapaz, Karine não tinha condições de pensar sobre isso, se levantou e empunhou uma pequena arma, uma pistola, e disparou umas três ou quatro vezes na direção que os primeiros homens estariam. Os disparos estouravam forte, não tanto quando os da outra arma, mas também ativavam os músculos e nervos da jovem sentada em lágrimas contra a parede, que começava a se retrair novamente. Ela se paralisou por completo quanto olhou para frente e viu o primeiro rapaz que saltara do meio das tubulações caído no chão, imóvel sobre uma poça vermelha. "Aquilo tudo é sangue", foi o pensamento que tomou totalmente sua mente, alienando-a por completo de tudo mais. Ela empalideceu, um incomodo lhe tomou conta de todo o corpo e os sentidos pareciam estar lhe deixando. Foi quando seu ombro foi novamente agarrada, sendo erguida por uma força que parecia descomunal e empurrada na direção que percebeu outras pessoas correndo. Ela estava se movendo, mas não conseguia sentir o chão, nem seus pés, embora sentisse constantes empurrões e cotoveladas e o esbarrar contra a parede de um lado e os canos de outro. Escutava disparos e gritos, que sabia ser logo atrás dela, mas soavam como que de muito longe, enquanto todos os seus órgãos internos pareciam serem apertados e a mente pensava em tantas coisas ao mesmo tempo que ela era incapaz de se concentrar em qualquer uma delas. Um dos canos nas suas proximidades estourou (provavelmente ao ser atingido por um disparo), vapor fervente a encobriu, o ardor sobre a pele a fez se contrair, e ela estava para cair ao chão novamente, mas um empurrão brusco nas costas lhe forçou para frente, onde viu uma comporta aberta e alguém ao lado dela, sinalizando, como que lhe chamando para entrar ali. Foi o que ela fez, mesmo sem ter consciência do que estava fazendo.

Uma vez passada a comporta, permaneceu imóvel, olhando para o chão, enquanto se firmava com os braços sobre os joelhos, ou que acreditava serem seus joelhos. Sua cabeça latejava e ela continuava zonza, não conseguindo firmar os pés. Na verdade, ainda não voltara a sentir as pernas ou o chão embaixo dela. Seus olhos, ouvidos, nariz, todo o corpo, ardiam de forma incomoda, uma ânsia de vômito lhe era incessante, ao mesmo tempo que ela se sentia completamente vazia. Ela estava tão alienada de tudo que sequer percebeu as diversas pessoas ao seu redor. Apenas se deu conta delas quando ouviu alguém perguntando: "Quem é ela?" Ao tentar se virar para a direção de onde achou que vinha a voz, se sentiu desorientada. O movimento (ou talvez um princípio de consciência de que tudo o que acontecera nos últimos segundos havia sido real) fez sua pressão sanguínea despencar, a sensação de vazio aumentou, assim como a dor em todo o corpo, ela perdeu o senso de equilíbrio e percebeu o chão se aproximando rapidamente. Pensou ter escutado alguém dizer "Ela está desmaiando!", e tudo se apagou por completo.

CAPÍTULO 23

Karine acordou assustada, estava sobre o que parecia ser uma maca, em um lugar que não fazia ideia de onde era. Ao se contorcer desesperadamente, num instinto incompreensível, ela acabou se jogando para fora do leito caindo no chão. Ela se sentou contra a parede e se comprimiu, olhando tudo ao redor, em visível pânico, procurando quaisquer coisas que lhe fossem familiares. Percebeu, um pouco a sua frente, um rapaz moreno, de rosto largo e cabeça raspada se aproximando dela. Seus olhos continuavam vasculhando tudo ao redor desesperadamente. O rapaz acenou pra ela, tentando chamar sua atenção, enquanto lhe dizia em um tom amigável:

- Calma, calma. Está tudo bem...

Karine conseguiu se concentrar nele, porém, quando foi lhe responder, no lugar de palavras, o que saiu de sua boca foi vômito. A primeira golfada atingiu a maca, espirrando de volta em seu próprio rosto, depois ela continuou vomitando, se debruçando no chão e se apoiando sobre os cotovelos. O vômito esbranquiçado se espalhou pelo chão metálico, sujando-lhe também as mãos e antebraços. Após parar de vomitar, ela voltou a se sentar no chão, olhou para o rapaz a sua frente, que permanecia parado diante dela, olhando-a com um misto de pena e nojo no rosto, e começou a chorar desesperadamente. Cobriu os olhos com as mãos sujas de vômito enquanto chorava e soluçava. Chorava como uma criança, enquanto se sentia envergonhada, sentindo vergonha sem saber o porquê, e se envergonhava ainda mais por chorar também sem entender o porquê. O rapaz, movido por compaixão, se aproximou dela, pondo a mão em seu ombro enquanto repetia que estava tudo bem. Num reflexo ela se agarrou a ele e lhe abraçou, apertando-o com toda a força. Marcus Plyat a abraçou de volta, se esforçando para disfarçar o incômodo de estar abraçando alguém sujo de vômito. Ele insistia em repetir com a voz mais afável possível:

- Tranquilo... Calma... Respire... Está tudo bem...

O abraço se prolongou por alguns minutos até que ela o soltou. "Está melhor agora?", ele perguntou solicitamente, ao que Karine assentiu com a cabeça, embora seus olhos ainda vasculhassem tudo ao redor, incapaz de reconhecer qualquer coisa. Ela acabou soltando um desconexo "O quê?" (na verdade ela repetiu "o quê?" umas cinco ou seis vezes seguidas), até que ela pareceu finalmente se recompor, e perguntou:

- Onde... É... Que lugar é este? O que aconteceu?

Plyat ia lhe responder (ou melhor, tentar), quando a atenção de ambos foi transferida para a porta do recinto que se abria, na verdade, começou a se abrir, pois pareceu travar na metade da abertura. Uma voz feminina, estranhamente familiar para Karine, esbravejou do outro lado da porta:

- Mas que bosta! Esta merda emperrou de novo!

A porta foi forçada por Ivana, que, ao adentrar o local, foi reconhecida por Karine, após alguns instantes de um encarar um tanto desconfortável, como a garota de cabelo curto que havia lhe salvo durante o tiroteio. Karine sentiu a necessidade de agradecer, mas sua mente ainda não estava plenamente consciente de tudo o que havia acontecido, e até onde havia realmente acontecido, assim ela acabou não falando nada, até que se distraiu olhando para si mesma, percebendo as roupas estranhas e folgadas que trajava, no que ela questionou aos dois que estavam diante dela:

- Eu não me lembro de usar estas roupas...

- Foi preciso trocar suas roupas... - Plyat lhe informou.

Karine estava para perguntar o porquê, porém Ivana se antecipou a pergunta, lhe falando, com um tom satírico na voz:

- Olhe, para que você possa preservar algo do seu orgulho próprio, acho melhor você não saber o porquê tivemos que trocar sua roupa, toda a sua roupa... - depois, ela se voltou para Plyat, mudando o tom de voz e ficando mais séria ao lhe informar: – Já estamos chegando.

Os três deixaram o recinto, saindo a um corredor estreito.

- Estamos numa nave. - Karine concluiu.

- Não é UMA nave, é A MINHA nave. - Ivana lhe informou. – E gostaria de pedir que você não voltasse a vomitar nela, OK?

Karine demonstrou se envergonhar, ao que Marcus intercedeu:

- Não leve a mal, isto era pra ser uma brincadeira... Mas, Ivana tem um senso de humor difícil de entender. Com o tempo você se acostuma...

Os três seguiram o corredor até a cabine. Karine percebeu o fundo espacial salpicado de estrelas, e, olhando por uma janela lateral da cabine, constatou que já haviam deixado a atmosfera de Marte. Anton Klás estava como piloto. Ivana sentou na cadeira ao lado da dele (a de co-piloto) e assumiu os controles, enquanto ele ligava um comunicador do painel. A tela não mostrou imagem, ao que Anton olhou com uma expressão confusa para Marcus, que verificou alguns controles, e lhe informou:

- Está sem imagem, mas está funcionando.

- Iuri? Está ai Iuri?! Vamos responda!

Pouco após o chamado, uma mão apareceu, agarrando e removendo algo (que parecia uma bandeja escura) que estava na frente da tela e broqueava a visão da câmera, revelando um rosto feminino redondo e cheio, com o queixo proeminente, olhos semicerrados numa expressão cansada, e os cabelos, de uma coloração loiro alaranjado, esvoaçando na falta de gravidade, podendo-se perceber alguns filetes de uma fumaça esbranquiçada se espalhando pouco atrás dela. Ela respondeu com uma voz forçosa:

- O Iuri não está, cara! - Após o que começou a rir estupidamente.

- Zara? Onde está o Iuri? Precisamos falar com ele, estamos chegando. Manda ele ligar o transpônder da nave, para acharmos vocês.

- Ah, Anton, você está vindo aqui? Agora? Quem mais está com você? - um tipo magricelo e pálido, aparentando estar sem camisa, com o cabelo castanho claro completamente bagunçado e profundas olheiras, apareceu ao lado da garota, respondendo com uma voz assustada. Zara saiu para o outro lado, deixando o rapaz magrelo tomar posição de frente para o comunicador.

- Ivana e Marcus, como combinamos. Precisamos da nave. - Anton respondeu, enquanto, na tela, Iuri parecia fazer um esforço sobre-humano para se lembrar de alguma coisa e, ao fundo, a garota rechonchuda flutuava para fora da cabine em que estavam, atravessando a porta, com o que parecia um cigarro na boca, e mostrando vestir uma camiseta escura, larga e suja, que lhe cobria até a altura das coxas e, aparentemente, nenhuma outra peça de roupa.

- Está bem. - Iuri finalmente voltou a si e respondeu. – Não precisa estressar, não. Só me dá um minuto e eu deixo tudo preparado. Podem vir...

CAPÍTULO 24

Na mansão de Ferdinan Mallus-Bernard, um pouco antes da hora do almoço, um grupo de seus seguranças lhe traziam informações e alguns objetos.

- Eles conseguiram escapar. - um dos seguranças falava, como que entregando um relatório. - Mas, estamos fazendo várias buscas na área, conseguimos alguns nomes e, também, recuperar isto aqui. - ele assinalou para o rifle que era trazida por um de seus companheiros, sendo posto sobre a mesa diante deles.

O velho Ferdinan olhava atentamente a arma escura, feita de polímero e metal, inclinando-se sobre a mesa e mantendo as mãos juntas, atrás do corpo.

- É um Kalash, não é? - ele concluí.

- Sim, senhor. - o segurança responde. - Modelo AK-15, de calibre 762.

- Onde conseguiram isso? Será que assaltaram algum museu? - o idoso falou, tentando disfarçar a preocupação com humor, ao que a maioria dos rapazes ao seu redor riu, provavelmente mais por serem seus empregados do que por terem realmente achado graça no comentário.

- Um dos nossos foi baleado por eles, o disparo chegou a atravessar o colete. Deu sorte que estavam usando isto aqui. - ele mostrou na mão uma das munições tiradas da arma apreendida, cuja cápsula tinha um tom dourado fosco, parecendo suja. - É remanufaturada. Se fosse uma munição de maior qualidade, o colete não teria amortecido o impacto o suficiente para salvar a vida dele. Isto mostra que eles estão produzindo a própria munição, em vez de a estarem importando ilegalmente como pensávamos.

- Se estão remanufaturando balas, precisam de pólvora... - um dos outros seguranças afirmou, aparentando se sentir muito inteligente por expressar tal conclusão antes dos demais, Mallus-Bernard porém o censurou rispidamente:

- Não é pólvora que vocês devem buscar. Há enxofre por todo este planeta, e jazidas de potássio em alguns dos chasmas setentrionais. Com isso, já são dois dos três ingredientes necessários para fabricarem a própria pólvora. O que eles estão contrabandeando, e o que vocês devem procurar, é carvão.

Chegada a conclusão, Mallus-Bernard seguiu com seu passo lento e cansado, ainda com as mãos às costas, para a mesa de seu escritório. Estava tomando assento em sua cadeira, como se não houvesse mais nada a conversar com aqueles homens. Entretanto, enquanto estava se sentando, um deles lhe falou:

- A garota do Instituto, parece ter se juntado com os exilados e fugido, ou sido levada, com eles.

- Pensamos ter detectado uma nave deixando a atmosfera, no final da madrugada, antes do amanhecer... - o outro segurança informou precipitadamente, enquanto que o primeiro, demonstrante desgosto com a intromissão, lhe censurou:

- Foi durante uma tempestade de areia. Havia muita interferência e os sensores não são confiáveis nestas circunstâncias. - Voltando-se novamente para seu contratante, ele buscou explicar o fato: - Não podemos afirmar que era uma nave, poderia ser alguma peça solta ou pedaço de algo, talvez até mesmo lixo que foi descartado de forma incorreta, sendo impelido pelo vento. Nem mesmo podemos ter certeza se realmente havia alguma coisa sendo detectada.

Ignorando a discussão entre os dois, Bernard, sentado em sua mesa e com as mãos juntas sobre ela, como que formando uma concha com os dedos entrelaçados, comentou:

- Não vejo problema algum da jovem duquesa de Ortega e Palus haver sido levada com este grupo de exilados. Na verdade, vejo, incluso, uma boa oportunidade que não deve ser desperdiçada.

- Como o senhor acredita que podemos utilizar isto a nosso favor?

- Bem, veremos isto. Antes, porém, acredito que devamos levar alguma informação aos canais de notícias. Afinal, a liberdade de imprensa é um dos pilares fundamentais da nossa sociedade. Acredito que a população tem o total direito de saber o que aconteceu aqui em nossa colônia na noite anterior, é o dever da mídia informá-los. Nenhum de nós pode querer se opor a este direito sagrado que, ao meu simplório ver, é uma das maiores garantias de todas as demais liberdades e benefícios de se viver numa democracia.

CAPÍTULO 25

A nave suborbital, pilotada por Anton Klás, pousara no interior do deque traseiro da grande espaçonave, na órbita de Marte. Ali, um tubo metálico começou a se prolongar desde uma das paredes na direção da porta de saída da nave menor, com a extremidade se deslocando para os lados, a fim de se alinhar com a comporta. Conseguido o feito de encaixar o tubo na posição correta, Iuri, através do comunicador, informou aos ocupandes da suborbital que poderiam desembarcar. A nave menor foi desligada, incluindo sua gravidade artificial, fazendo com que todos começassem a flutuar, seguindo até a saída se apoiando pelas paredes. Ivana e Marcus carregavam algumas bolsas, e foi ele quem se adiantou na direção da porta e a abriu para os demais, dando passagem para que os outros saíssem primeiro. Ao ver o confinamento do tubo que os interligava ao interior da nave maior, Karine comentou, não conseguindo disfarçar um tom desdenhoso em sua voz:

- Um tubo de desembarque?

- Exatamente. - Ivana lhe respondeu asperamente, enquanto passava por ela carregada com diversas bolsas de grande tamanho (que provavelmente ela não carregaria com tanta facilidade se tivesse que lidar com o peso delas à gravidade normal), saindo para o tubo. - Desculpe, se isto não tem todo o luxo e conforto de um voo particular de alguma companhia aeroespacial, mas não vamos desperdiçar recursos escassos pressurizando e atmosferando um deque inteiro, ainda mais só para que quatro pessoas embarquem.

Anton saiu da nave em seguida, quieto e sério, carregando também um par de bolsas, uma debaixo de cada braço, ao que Karine olhou para Marcus que permanecia segurando, desnecessariamente, a comporta. Ele deu ombros e lhe indicou que também desembarcasse, saindo ele mesmo por último, para fechar a comporta. Seguiram, flutuando na ausência de gravidade, pelo tubo, até chegarem a uma nova comporta, que se abriu automaticamente. Após todos a atravessarem, ela se fechou, e se ouviu o som de engrenagens recolhendo o tudo. Todos pareciam se apoiar nas paredes, como que para evitar ficar flutuando a deriva, os que carregavam "bagagens" também pareciam fazer certo esforço para segurá-las junto de si, impedindo que elas flutuassem livremente. Marcus avançou até um painel e o ligou, pedindo:

- Iuri, a gravidade...

- Ah, tá, foi mal... Já vou ligar, espera só um minuto... - a voz do jovem respondeu languidamente pelo comunicador.

Demorou alguns minutos até que a gravidade artificial da nave fosse acionada. Ao lado da comporta, todos sentiram o peso retornar a seus corpos. Os três companheiros de viagem conseguiram firmar as pernas enquanto o chão os puxava, parando em pé, apenas com um leve desequilíbrio que os fez balançar um pouco para a frente e para trás. Porém, Karine, praticamente sem experiência com a falta de gravidade, não conseguiu "cair" sobre os pés firmes na hora que a gravidade retornou, e desmoronou ao chão em um tombo embaraçoso, diante do qual Ivana não conseguiu segurar o riso. Após ela se recuperar do tombo, os demais se prepararam para seguir caminho pelo corredor. Agora as bolsas pesavam, Ivana, se esforçando para erguer e se equilibrar com as três que carregava, acabou por empurrar duas delas para Marcus, que saíra da nave com as mãos vazias, como que exigindo que ele também levasse algo. Ele fez o que pareceu uma careta diante da situação, mas pegou as bolsas e as carregou, sem demonstrar grande esforço. Na verdade, uma certa dificuldade era demonstrada e sentida por todos, a cada passo eles sofriam um leve desequilíbrio, algo que fora bem acentuado ao tentarem mudar de direção numa curva que o corredor fazia. Todos se sentiam bem mais leves que o normal, pois a gravidade não havia sido ligada no mesmo nível da terrestre, mas em um nível bem menor. Não demorou muito para eles chegarem em uma área que lembraria um refeitório. Era um local amplo, com o que pareciam ser seis mesas largas rodeadas de cadeiras, tudo fixado no assoalho. O jovem magricelo, Iuri, que se revelava de baixa estatura, foi encontrá-los junto a porta.

- E aí, maninho! - Ivana gritou com satisfação ao vê-lo.

- Mana! - ele respondeu com a mesma satisfação, enquanto ia ao encontro do abraço que ela abrira.

- Irmãos? - Karine perguntou baixo para Marcus, que lhe respondeu:

- Sim, os dois são irmãos. Esta nave era do pai deles.

- E aí, cuidou bem da minha nave enquanto eu estava fora? - Ivana lhe perguntou com o tom irritante que lhe parecia ser natural, ainda abraçada com o irmão, que ao ouvir tais palavras, saiu do abraço com um leve empurrão, questionando, com uma irritação claramente fingida:

- Que negócio é esse de "sua nave", ela também é minha! - e os dois riram juntos, enquanto Iuri cumprimentava os demais, e todos adentravam mais ao recinto. Ele parou diante de Karine, como que questionando com o olhar quem seria aquela, ao que sua irmã se antecipou a pergunta:

- Esta é uma novata, achamos ela perdida lá no planeta e a trouxemos para casa. Não se apegue demais a ela, ou Zara ficará com ciúmes hein... - ela falava enquanto caminhava na direção de uma das mesas vazias e cumprimentava a garota que antes haviam visto pelo comunicador, que também estava ali dentro, sentada em uma das cadeiras, esticando as pernas cruzadas sobre a mesa a sua frente. Estava descalça e com um shorts que deixava a mostra a grande tatuagem que tinha na perna direita, que parecia se constituir de ramos e folhagens se estendendo desde o pé até a metade da coxa, onde terminava em uma bela flor de lótus, pintada em tons de azul e dourado. A garota, apenas respondia aos cumprimentos com acenos de mão e, apesar da posição relaxada, não parecia muito à vontade.

Todos se assentaram ao redor de uma das mesas, colocando as bolsas em cima ou ao lado dela. Karine ficou em pé, um pouco mais atrás, vasculhando todo aquele lugar com o olhar. Os demais conversavam:

- Não entendi porque vocês vieram atrás de mim, pensei que ficariam escondidos na 29-A, que estava tranquilo por lá. - Iuri, que também tomara lugar na mesa, falava perplexo.

- É, nós também. - Marcus respondeu. - Mas, estávamos errados. Bernard mandou homens vasculharem todos os níveis inferiores de suas colônias continuamente. Não estão para brincadeira, estavam bem equipados e vasculhavam cada centímetro.

- Achamos nossa convidada enquanto a encurralavam... - Ivana comentou, após o que levantou a cabeça por sobre os outros e a chamou: - Hei, psiu, loira, desculpe mas ainda não peguei teu nome.

- Ah, Karine, meu nome é Karine... - ela respondeu. - Acho que ainda não agradeci também, pelo que fizeram por mim, não é... Bem, obrigada.

- Por nada, mas, também não sabemos qual é a tua história. Então, por que os homens do velhote estavam te perseguindo?

CAPÍTULO 26

- Então, estava trabalhando como embaixadora do Instituto Internacional de Ciências Extraterrestres, estava em Marte buscando aumentar o financiamento para as pesquisas... - Karine contava sua história aos que pareciam ser seus novos amigos. - Ao que parece, o senhor Mallus-Bernard não gostou do fato de eu oferecer algumas das terras que ele tem a concessão para outros administrares coloniais em troca de maior financiamento e mandou que se livrassem de mim...

- Espera ai, Instituto Internacional, embaixadora... Você não é de Marte?! Não é uma exilada, nem nada do tipo, simplesmente estava no lugar errado, na hora errada... - Marcus concluiu. - E nós a trouxemos conosco, em nossa nave, para fora do planeta.

- Não é minha culpa. – Ivana se esquivou prontamente. – Pensei que ela era uma de nós, sendo perseguida pelos seguranças do velhote... Por isso dei a ideia de trazê-la junto.

Todos na mesa pareceram se transtornar, como se tivessem se deparado com algo muito inconveniente, e Karine permaneceu estática, sem expressão, os encarando com um olhar perdido. O jovem Iuri também parecia perdido e Zara, na outra mesa, parecia cochilar.

- Não há problema nisso. - Anton tomou a palavra, falando sem muita convicção. - Vamos continuar com o plano. Vamos fugir e nos esconder até a poeira baixar, temos recursos mais que suficientes para irmos para Europa; vocês se lembram daquela colônia cujo o governador está revoltado com o governo da Terra, acho que é um bom lugar para nos escondermos... Você é da Terra não é? - ele perguntou se voltando para Karine, que respondeu positivamente, assentindo com a cabeça. - Uma vez lá, a mandaremos num voo comercial, de volta para a Terra, enquanto nós sumimos pelo tempo que for possível. Simples assim.

- Nada é tão simples assim, Klás! - Ivana irrompeu agressivamente. - Ela vai voltar pra Terra, e daí? Na primeira oferta que o velhote fizer ela diz aonde fomos nos esconder. Se não for em troca de uma boa soma, vai ser em troca da própria vida... Se ele tem problemas com ela, vai ser simples, ele a deixa em paz em troca de informação, e nós nos ferramos.

- Mallus não se arriscaria, tentando persegui-la na Terra... - Marcus comentou.

- Tem muitas maneiras de fazer estas coisas sem se arriscar, ainda mais para alguém tão rico e influente quando ele... - ela insistiu.

- Por hora, discutir isto não vai levar a nada. - Anton retomou. - Vamos seguir viagem, com ela na nave mesmo... Vai ser uma viagem longa, vamos ter muito tempo para pensar em como agir.

- Eu não quero causar problemas... - Karine se esquivou, aparentando nervosismo, ao que Marcus, se levantando com uma certa dificuldade e um pequeno desequilíbrio, se dirigiu para ela, com o tom calmo que já demonstrara anteriormente:

- Não entenda mal, não é nada contra você. Estamos todos meio assustados, não acreditávamos que fossem nos perseguir com tanta persistência e esforço. Aqueles homens estavam com armamento pesado. - Ele forçou um sorriso e uma mudança de tom na voz, como que desconversando: - Você deu sorte, de certa forma. Se tivesse sido atingida por um disparo daquelas armas magnéticas...

- Eles estavam com fuzis Gauss? Não são de uso exclusivo dos militares? - Zara interrompeu a conversa, desde o local onde parecia estar inerte, com uma voz um pouco nauseada, chamando a atenção de todos. Ao perceber os olhares surpresos a encarando, ela se defendeu: - O quê?! Minha família é toda de militares... Meu pai era sargento quando sai de casa... Não duvido que ele já tenha chegado a major, ou até a general... E meus dois irmãos seguiram os passos dele... Assim eu entendo destas coisas... Um pouco...

- Não estamos surpresos por você saber disto. - Ivana comentou, automaticamente. - Mas, por você não estar chapada.

- Quem disse que eu não estou?! - a garota resmungou com uma risada lerda, antes de soltar um "Ai, eu não tô legal". Após uma reação de ânsia de vômito, ela se levantou e saiu correndo, claramente para um banheiro. Diante da cena, Iuri também se levantou da mesa em que estava com os recém-chegados, indo atrás dela, demonstrando preocupação, enquanto lhe pedia que o esperasse.

Após eles saírem, Karine, preocupada, questionou o que se passava com eles, ao que Marcus a informou:

- "Mal do espaço"... - diante da expressão de "ainda não entendi" da garota, ele se prestou a uma explicação mais detalha: - Eles passaram tempo demais em baixa gravidade, ou mesmo em gravidade nula, fechados nesta nave. A falta de gravidade separou os ossos, enfraqueceu os músculos e tecidos e afetou o funcionamento de diversos órgãos... Resumindo, gravidade faz mal para eles e agora eles vivem "presos" nesta nave, ainda bem que gostam daqui. Se descerem em algum planeta, ou em alguma gravidade mais acentuada, eles passaram por maus bocados.

- Por isso a gravidade da nave está ligada em só um décimo. - Ivana completou, com um tom de preocupação na voz, que lhe pareceu um tanto estranho.

- Se não me engano, eles aguentariam até um quinto da gravidade da Terra, ou foi isso que o último médico que os examinou disse... - Marcus continuou. - O pior é que, quando mais tempo eles passem em gravidade zero, mais o estado deles se agrava. Inclusive poderiam até se recuperar, se fossem aumentando gradativamente a gravidade artificial da nave a medida que seus corpos fossem se reacostumando, ou ao menos contornar um pouco os efeitos praticando exercícios físicos, mas eles não fazem... Por isso ficam aqui na nave, em baixa gravidade, se forem levados a algum local com mais gravidade, eles correm o risco de morrer, sufocados pelo próprio peso.

- Mas por que eles passaram tanto tempo no espaço? - Karine questionou.

- Nosso pai estava arrumando esta nave. - Ivana respondeu rispidamente, como se tivesse sido ofendida pela pergunta. - Ele planejava usá-la para voltar pra Terra, e levando o máximo de gente com ele. Mas descobriram o plano dele, e o prenderam. No dia, eu e ele havíamos descido à superfície, para buscar peças de que precisávamos, Iuri preferiu ficar na nave e continuar mexendo nela em vez de nos acompanhar. Chegando na superfície, nosso pai foi capturado, e eu fugi. Acabei indo me esconder nas galerias, onde encontrei outros que também viviam escondidos. Mas, Iuri não era muito mais que uma criança, e ficou morrendo de medo que viessem atrás dele, para prendê-lo também, por isso nunca mais quis descer ao planeta. Estava decidido que terminaria a nave e então fugiria para o mais longe possível de todo mundo... Pelo menos, ao que parece, não conseguiram convencer nosso pai a revelar nada sobre a nave, ou a teriam apreendido... Com o tempo, passamos a usá-la para se mover acima da atmosfera e até para ir a outras colônias, buscar... "coisas de que precisássemos"... Mas, o Iuri continuava assustado, não queria descer em lugar algum, com medo de cair nalguma armadilha, ou coisa do tipo. Se sentia seguro nesta sua fortaleza voadora, a qual, em caso de perigo ele poderia ligar os motores e ir para longe... Quando percebemos que ele estava com o problema, já era tarde... Mas, ele próprio não parece se importar, afinal, ele ainda não deseja sair desta nave por nada.

- E a garota?

- Ah é, Zara. Eles se conheceram em alguma rede social, alguns anos atrás, a gente nem sabe se esse é o nome verdadeiro dela... Ela dizia estar com problemas em casa e planejando fugir. Iuri, um bobo apaixonado, a convidou para vir se juntar a ele em seu "castelo voador". Numa noite em que estávamos na nave, ele "pegou emprestada" a suborbital e foi buscá-la. Daquele dia em diante, eles passaram a viver em seu romance de contos de fadas, como se não existisse um Universo do lado de fora destas paredes de metal...

CAPÍTULO 27

A luz brilhante dos escaneadores parecia cegar Karine, ela havia sido aconselhada a permanecer de olhos fechados durante a análise, mas a curiosidade não lhe permitiu. Os feixes de luz a percorreram da cabeça aos pés, e depois no sentido inverso, antes de serem desligadas. Marcus, diante do computador que os controlava, informou assim que ela saiu do cubículo formado pela estrutura do analisador:

- Bom, segundo isso aqui, realmente não há nada em você que possa ser rastreado.
Ivana, sentada em uma cadeira, um pouco para atrás dele, e encostada junto a um balcão, completou:

- O aparelho portátil também não possuí nenhum rastreador adicional. Mas, como qualquer aparelho em rede, ele pode ser rastreado quando em uso. Por isso, vai permanecer desligado, e guardado em um lugar seguro, até o final da viagem.

Após ser analisada na "enfermaria" da nave, Karine fora guiada por Ivana através dos estreitos (e não muito limpos) corredores até uma cabine, que lhe fora apresentada como seus aposentos. Não era grande, e não tinha nada além de uma cama (na verdade um beliche) e um armário simples, cada um embutido nas paredes de cada lado daquele espaço.

- Devo encarar isto como uma cela? - Karine perguntou enquanto adentrava naquele recinto, forçando um tom ameno na voz.

- Não - a outra garota, que permanecia do lado de fora, junto a porta, respondeu um tanto contrariada. - é simplesmente sua cabine, seu quarto, se assim preferir. Você não é obrigada a ficar o tempo todo aqui, mas, não preciso dizer que não iríamos ficar muito felizes se a pegássemos mexendo nos comandos da cabine ou da sala de máquinas... Mas fora isso, fique à vontade, *mi nave, es tu nave*.

- Você não confia em mim não é?

- Não leve para o lado pessoal, quando se tem uma vida como a minha, se aprende a não confiar tão fácil.

- Imagino que deva ser difícil. Viver fugindo e se escondendo. Também deve ser muito solitário, não é?

- É, é bem complicado - Ivana não conseguiu segurar um suspiro e uma amenização da expressão desafiadora que era comum em sua face. - Mas, duvido que você seja realmente capaz de entender como é isso...

- Bem, talvez eu entenda. Por que você não me dá uma chance de mostrar que você pode confiar em mim? - Karine falou em um tom insinuante, enquanto, passou a mão suavemente no rosto da outra, acariciando-a. Ivana lhe devolveu um olhar confuso. De fato, ela realmente demorou um pouco até entender o que a garota a sua frente estava lhe propondo. Quando percebeu, sua expressão confusa não diminuiu, mas ela perguntou indiscretamente:

- Você é lésbica?

- Na verdade, não. Mas tenho a mente aberta... E gosto de ter novas experiências.

Um novo período de silêncio se instalou entre as duas. Karine mantinha um olhar receptivo, demonstrando uma certa ansiedade enquanto aguardava que Ivana lhe respondesse, esta por sua vez, parecia ponderar sobre muitas coisas em sua mente. Por fim, após parecer ter compreendido totalmente o que estava se passando, ela soltou:

- Então, está dizendo que eu sou?

- E você não é?! - o olhar confuso se transferiu automaticamente de uma para a outra, fazendo Karine corar ao receber a resposta negativa, diante do que, ela, envergonhada e sem jeito se pôs a justificar-se: - Mas, você parece... o seu jeito de...

- Quer dizer que, pelo meu jeito, eu TENHO que ser lésbica? É isso que está dizendo? É isto que você acha?

- Nossa. Está falando como se eu a tivesse xingado. Eu só me enganei, você que está agindo como se fosse uma ofensa.

- Não estou achando que você me ofendeu. Só estou irritada por essa sua... - Ivana se pôs a pensar alguns instantes na palavra que queria, aquele mal entendido parecia lhe perturbar de uma forma indescritível. - ...imposição. Não só sua, também... falam como se eu fosse obrigada... O quê? Acha uma garota não pode ser mecânica, ou entender destas coisas, botar uma nave para funcionar? É isso?!

- Não, nunca! Pelo contrário, eu defendo a independência das mulheres. Sou feminista e tudo! - Karine iniciou uma defesa desconexa.

- É mais eu tenho que ser lésbica, não é? - já não sabendo para onde conduzir a conversa, Karine se limitou a se afastar lentamente, adentrando mais o quarto, enquanto repetia um "não, não" como resposta a tudo o que ouvia Ivana lhe descarregar. - É o que então? Para ser mulher eu preciso andar sempre arrumada e enfeitada como uma modelo, é isso? Me desculpe se, trabalhando com motores e vivendo escondida em meio a galerias de manutenção, eu não use roupas bonitas e não esteja sempre maquiada e bela. - Enquanto observava a garota se afastando, Ivana pareceu se dar conta de que estava falando demais, desviou o rosto, olhando por alguns instantes o corredor que se estendia para sua direita e respirou fundo, enquanto se acalmava. Após alguns minutos, sem deixar de olhar para o corredor, ela soltou um "esquece isto", mais como que falando para si mesma do que para a outra. Acalmada, ela retornou a um tom neutro na voz, agora demonstrando também certo desânimo, e apenas informou, enquanto saia: - O banheiro é no final do corredor, caso precise... E você lembra onde é o refeitório, não é?

Karine, de dentro do quarto, assentiu com a cabeça, ainda mantendo um olhar confuso e ignorando o fato de que Ivana, já se retirando, provavelmente não perceberia o gesto que fazia. Ao perceber que estava sozinha naquele dormitório, soltou um longo suspiro e sentou-se na cama, constatando duas coisas: o colchão não era dos mais confortáveis e aquela realmente seria uma longa viagem.

CAPÍTULO 28

Karine permaneceu por algum tempo em sua "cabine". Pareceu-lhe ter se passado várias horas ali, talvez até todo um dia, afinal, ali não havia nada para medir o tempo que passava (e é fato que quando não se tem nada para fazer, o tempo parece passar muito mais lentamente). Ela permaneceu deitada na cama de baixo do beliche que tinha a disposição, chegou a tentar tirar um cochilo, porém não conseguiu. Sua cabeça estava cheia, fazia, apenas, pouco mais de dois dias que desembarcara em Marte, e agora estava em outra viagem espacial, que duraria meses, com um grupo de "fugitivos", e, logo no primeiro dia, já havia dito um "desentendimento" com um deles. Diversos pensamentos giravam em sua mente, e, em um determinado momento, se pegou pensando que, se soubesse que viajaria para uma das luas de Júpiter, teria comprado aquele shake para perder peso de que ouvira falar enquanto estava no centro de lançamentos, ainda na Terra. Passado o que ela sentira como uma pequena eternidade, acabou sentindo uma necessidade que a impelia a deixar seu não muito confortável leito. Ela se levantou, abriu a porta do dormitório e saiu ao corredor, repetindo para si mesma: "O banheiro é no final do corredor, foi isso que ela disse não foi...", enquanto pensava nesta informação seu olhar confirmava que o corredor se estendia em ambas as direções. Lembrando que ela havia vindo da esquerda (e não se lembrava de ter visto um toalete pelo caminho), ao que ela tomou a direção da direita, não demorando muito para chegar a porta onde se via a indicação, já bem desgastada, de ser o local que procurava. Instintivamente ela passou os dedos por sobre o sensor ao lado da porta e, como esperado, esta se abriu, deslizando-se para o lado. Ao olhar para dentro do banheiro, ela se deparou com duas pessoas ali, Iuri e Zara. Ao ser encarada de volta, ela simplesmente deu um passo para trás e, em um reflexo, tocou novamente o sensor, fechando a porta. Levou alguns segundos até Karine voltar a si e, inclusive, rir da própria atitude. Ela voltou novamente a porta e a reabriu, cumprimentando os dois que estavam lá dentro, não conseguindo disfarçar o constrangimento que sentia. Seu cumprimento foi educadamente devolvido pelos dois, o jovem estava sentado sobre um banquinho e a garota em pé, encostada numa parede ao lado do lavatório, ambos fumavam, sendo que seus cigarros tinham um cheiro forte e soltavam uma fumaça esbranquiçada. Karine se demorou um pouco, olhando para os dois, antes de se voltar as cabines com vasos sanitários que estavam a sua direita e seguir para uma delas, enquanto ia, Zara lhe disse jocosamente:

- Pode usar tranquila, ninguém vai te espiar, não. Temos mais o que fazer, se é que me entende... - ela terminou de falar apanhando um saquinho de plástico transparente, dentro do qual se podia ver uma porção do que parecia ser folhas secas despedaçadas, que estava encima do lavatório, e erguendo-o, o balançava com a mão, como que o exibindo, em meio a risos. Karine apenas sorriu de volta, enquanto entrava numa das cabines e fechava a porta.

Após cumprir o "chamado da natureza", ela saiu da cabine e foi até o lavatório, para lavar as mãos. Não conseguiu evitar de olhar para os dois que continuavam ali, aproveitando o tempo em tragadas e soltando a fumaça lentamente, como que tentando fazer esculturas no ar com ela. Ao perceber o olhar sobre eles, Zara lhe ofereceu o cigarro com que estava, demonstrando ser artesanal, e lhe perguntando: - "Quer dar uma tragada?", Karine respondeu um simplório "não, obrigada", antes de se voltar para a pia e começar a procurar onde enxugar as mãos, diante do que a outra garota lhe informou, antes de voltar a tragar seu cigarro: - "É, não tem uma toalha aqui...", Karine reagiu com um "Ah, tá", e se pôs a enxugar as mãos nas calças, enquanto se virava e rumava na direção da porta.

Os dois fumantes que ficavam para trás no banheiro, ao vê-la saindo, começaram a cochichar entre si, Karine ouviu Iuri censurar algo com um "aonde, você não vai perguntar isso pra ela..", ao que a garota lhe respondeu rindo com um "Ah, eu vou sim", antes de lhe chamar a atenção com a pergunta:

- Hei, psiu... Sério mesmo que você deu em cima da irmã dele?

Ao ouvir tal pergunta, e o tom de deboche em que fora feita, Karine travou, sentindo vergonha como uma punhalada. Ela respirou fundo e se voltou para a garota, que agora estava em pé, de frente para ela, desencostada da parede, a olhando com um sorriso largo, enquanto segurava o cigarro entre os dedos, pronta para torná-lo a boca. Percebeu que a garota era grande, mais alta que ela (e mais larga também), apoiou a mão na pia do lavatório e respondeu, meio sem jeito:

- É... Bem, sei que esta vai ser uma longa viagem, e achei que seria bom ter alguém com quem... se distrair e aproveitar um pouco o tempo... Ela já contou para vocês é?

- Não, ela não contou não... A gente é que ouviu algo do que ela falou daqui, e ficamos imaginando o que teria realmente acontecido...

- Vocês ouviram daqui? - Karine perguntou com o rosto corando – A quando tempo estão aqui?

- Ah, deixa eu ver... Acho que uns quinze ou vinte minutos, não é? - ela questionou ao garoto que estava atrás dela, ainda sentado, ao que ele apenas assentiu. - Estávamos na cabine, até o Marcus e o Klás assumirem lá e nos liberarem, ai fomos ao quarto pegar a erva e a palha – ela disse sacudindo o cigarro em sua mão, mostrando do que estava falando. - e viemos pra cá. Marcus deve ter ido para a cabine após te liberar do exame, então acho que Ivana estava te trazendo para o quarto... - ela soltou uma risada boba, enquanto levou o cigarro a boca e deu mais uma tragada. - Ainda estávamos enrolando o primeiro quando ouvimos vocês "conversando"... - e ela se rendeu a uma crise de riso, que contagiou seu companheiro, por alguns instantes.

Karine, percebendo que ambos estavam "alterados", revirou os olhos e estava se virando novamente para sair, ao que tornou a ser chamada por Zara:

- Não leva a mal não... Eu te entendo. E concordo com você querer. Mas, tenho que avisar, que você não vai conseguir não. Sem opções... - e novos risos foram soltos; ao que parecia, ela não tinha controle sobre suas gargalhadas, sendo que estas vinham e iam aleatoriamente. - Olha só, o bonitinho aqui já é meu, e ele sabe que castro ele se ele pensar em fazer algo assim... E eu também estou satisfeita com ele... - os risos voltaram a tomá-la. - Marcus é casado, e religiosamente fiel. Com Ivana você já viu que não tem chance... E acho que Klás está com coisas demais na cabeça para pensar nisso, Ivana que o diga... - e ela se entregou novamente às risadas.

- Você quer dizer que os dois...? - Karine, tomada de curiosidade, voltou-se novamente para a garota risonha.

- Não, não, eles não tem nada um com o outro... Mas não por falta de vontade, ao menos por parte dela. Ele que é um lerdo. Se fosse qualquer outro cara, já estava entre as pernas dela a um bom tempo... - e uma nova avalanche de risadas recaiu sobre a garota, enquanto Iuri lançou um "Hei!", como que censurando o que ela dizia.

- Qual é, é sério! - Zara respondeu, tanto ao seu namorado, quando a Karine, como que se justificando. - Qualquer um percebe que ela está afim. Realmente, ela não sabe disfarçar o que sente. Igual você, lindinho – ela disse, se voltando ao garoto pouco atrás dela. - Deve ser defeito da família Pong-Ju, vocês dois são iguaizinhos... Klás que é um lerdo, mas, sei lá, vai ver ele ganhou pontos com a sua irmã com isso... Vai que ela gosta de caras assim. Tem gosto pra tudo, né... - e as risadas da garota voltaram a ecoar naquele banheiro.

CAPÍTULO 29

- O que foi? - na cabine da nave, Marcus questionara a Klás, que estava assentado na cadeira de co-piloto, à direito da sua.

- Não sei se o navegador está funcionando direito... Parece estar tudo ligado, mas não vejo indicação nenhuma de que está funcionando...

- Só o Iuri vai saber se está tudo realmente certo... Ele que vive mexendo com estas coisas.

- É, eu vou procurar ele... Alguma ideia de aonde ele possa estar?

- Hum... Um pouco difícil, mas, com certeza, junto com Zara. Se quer uma dica, onde há fumaça...

Os dois rapazes sorriram com a insinuação, enquanto Klás deixava a cabine para buscar o jovem. Ele vagou por alguns corredores, chegou a verificar no "quarto" que o jovem casal ocupava, e chegou a cruzar com Ivana em um dos corredores. Ela passou reto por ele e parecia frustrada. Klás percebeu a frustração e acabou se sentindo dividido entre a deixar passar e cuidar dos próprios problemas e uma preocupação, uma quase necessidade, de lhe perguntar o que ocorrera. Parado no corredor desde que ela passara por ele, hesitou por algum tempo, e quanto finalmente se decidiu pela segunda opção, ela já estava fora de seu alcance, o que o fez se limitar a primeira opção e retornar a sua missão inicial. Ele planejou ir até a "sala de máquinas", mas, considerando que precisaria atravessar quase a nave inteira para isso, e aproveitando que estava próximo, optou por olhar nos banheiros antes. A decisão foi correta e logo no primeiro que entrou, encontrou Iuri, Zara e Karine, rindo, rodeados da fumaça dos cigarros que os dois primeiros tragavam.

- Ah, que bom que vocês já estão fazendo amizade. - Klás comentou em um tom bem-humorado, incomodado com o silêncio de um clima um pouco tenso que surgiu quando a porta se abriu e os três o encararam. Não conseguiu evitar de tossir ao inalar um pouco da fumaça branca e forte, aquele cheiro, e aquela situação realmente não lhe agradavam, e ele não conseguia disfarçar isto, mesmo que quisesse. Por fim, ele disse para o jovem, que permanecia sentado em seu banquinho, para trás das duas garotas: - Iuri, precisamos de você na cabine.

- Tá, tá, eu vou, eu vou. - ele respondeu com uma voz lenta, embora permanecesse sentado no seu banquinho, indiferente, ainda apreciando seu fumo. Ao perceber que Klás ainda estava ali, o encarando com um olhar interrogativo, ele levou um choque de consciência enquanto lhe dizia estupefato: - Ah, o quê, agora?! Tcht... Tá bom vamos. - Ele se levantou, enquanto dava uma última e longa tragada. - Segura isto aqui pra mim. Eu já volto. - Ele disse para Zara enquanto lhe entregava o cigarro que fumava e seguia na direção da porta e de Klás. A garota apanhou o cigarro com um sorriso, e o ficou segurando, estando agora com um cigarro em cada mão.

Os dois saíram, deixando as duas garotas no banheiro, que retornariam ao assunto que conversavam antes, ou talvez iniciassem um novo. Quando a eles, seguiram pelos corredores, com Iuri andando em passos moles, ficando um pouco para trás e obrigando Klás, a certos intervalos, diminuir o passo, ou até mesmo parar, para deixar que ele o alcançasse e ambos seguirem juntos.

Ao chegarem a cabine, a situação foi explicada ao jovem, lentamente para que ele pudesse entender. Iuri assumiu uma expressão de enfado, enquanto se abaixava para olhar embaixo do painel, abriu uma pequena "tampa" na base e examinou por alguns segundos os microcircuitos, antes de se levantar, responder um simples "Está tudo certo aqui." e avançar em direção a porta, no intuito de retornar ao que estava fazendo antes. Porém, neste percurso acabou sendo interceptado por Klás, que lhe insistiu:

- "Tudo certo"? Você tem certeza? No painel não há indicação nenhuma de estar "tudo certo"...

- Está tudo certo. - Iuri respondeu com voz lesada. - Eu tava mexendo no painel estes dias, e ainda não religuei todos os indicadores, e mostradores, e medidores, e... Eu não sabia que vocês iam querer usar a nave... Mas, qualquer hora eu termino isso. Tá tudo certo. - ele novamente fez como que para deixar a cabine, ao que Marcus insistiu em perguntar um "certeza mesmo?", fazendo-o se virar novamente e confirmar: - Não se preocupem, tá tudo funcionando. Até fevereiro estaremos em Júpiter, certeza.

Aceitando as palavras do jovem, até porque não tinham outra opção mesmo, os dois rapazes finalmente o deixaram sair da cabine e voltar para seus afazeres. Enquanto seguia pelo corredor, dirigindo-se de volta ao banheiro e o cigarro que havia deixado acesso nas mãos de Zara, ele passou em frente a entrada do refeitório, percebendo sua irmã ali, sentada em uma das mesas, bebendo algo. Deveria ser água, talvez um chá ou café, ou até mesmo um suco ou refrigerante. Ele sabia que não seria nada diferente disto, os dois "caretas" da cabine não deixariam ela trazer nenhuma "bebida legal" para a nave, e a "miniadega" que ele e Zara haviam feito estava muito bem escondida para que qualquer um deles pudesse ter encontrado. Mas, ainda sim, ele sentiu certa curiosidade que o impulsionou a se achegar a ela, os dois estavam meio distantes nos últimos meses, era difícil terem um tempo juntos, com ele preso na nave e ela vivendo como "fugitiva". Saudades da infância lhe tomaram, numa empatia de que ela deveria sentir o mesmo.

- Hei, mana, o que está acontecendo com você? - ele disse descontraidamente, enquanto se aproximava. - Está ai parada, "desperdiçando" seu tempo sem fazer nada... Você não é de ficar sem ter o que fazer.

- Só decidi descansar um pouco de... tudo. - ela respondeu, com um sorriso forçado. - As vezes sinto falta de quando vinhamos aqui com nosso pai, apenas para consertar a lata velha que ele tinha conseguido, e ficávamos ouvindo as histórias e os planos dele...

- Acho que você prestou mais atenção do que eu... Afinal, você acabou tão idealista quando ele... Ainda está ai, seguindo a ideia de libertar pessoas e de realizar atos heroicos, igualzinho ele. Os dois irmãos sorriram, sorrisos sinceros.

- Bem, nós estamos juntos aqui de novo, devemos aproveitar. - Iuri retomou o dialogo. - Sinto falta do pai, mas acho que já somos crescidos o suficiente para nos cuidarmos sozinhos.

- Bem, eu, pelo menos, sei que sou - Ivana respondeu, rindo cinicamente. - Mas, é bom estar com você de novo, irmãozinho. - Iuri riu bobamente, sem saber como responder, após um pouco soltou, em meio a sua risada: - É, talvez você comece a contar histórias e fazer planos no lugar do pai.

- É, talvez. - Ivana respondeu, como que pensativa, antes de retornar ao bom humor, levantando a caneca e resmungando: - Mas, a propósito, tire suas garrafas do sistema de refrigeração dos propulsores. Não que eu não goste de uma boa bebida energética, mas ali não é lugar para elas.

O irmão caçula olhou espantado para ela, depois voltou a atenção a um cesto de lixo nas proximidades, ao que ela estava apontando com a caneca, e viu uma lata cinza, aberta e vazia. Visivelmente confuso ele balbuciou um "Como você?", ao que ela, se recostando e se esticando na cadeira, assumindo uma posse orgulhosa, sorriu desdenhosamente e respondeu, enquanto levava a caneca a boca para mais um gole:

- Você pode passar o tempo todo aqui... Mas, - ela sorvou um gole. - esta ainda é a MINHA nave, e eu sei TUDO o que acontece nela. Ainda mais se tiver a ver com os motores...

CAPÍTULO 30

O primeiro dia, ou o que pareceu ser o primeiro dia, de viagem transcorreu sem maiores preocupações na nave. Após as horas de sono, Karine se levantou de sua cama, arrumou-se como pôde, e seguiu na direção que lembrava ser o refeitório, na esperança que houvesse ali uma mesa de café da manhã esperando por ela. Enquanto se aproximava da porta do refeitório, se encontrou com Ivana, que saia dele. Karine parou e lhe cumprimentou com um constrangido "olá", que lhe foi devolvido, de forma seca e, claramente, por pura "educação", pela outra garota, que não se incomodou em parar, ou mesmo olhar, para sua interlocutora. Adentrando o refeitório, ainda receosa, ela se depararia com Marcus, que sentado a uma das mesas, tomava uma caneca do que pareceria ser café enquanto olhava em um dispositivo o que parecia ser um relatório. Ela pronunciou um novo "olá", sendo que este foi respondido com bem mais sinceridade e, pelo menos, acompanhado de um olhar e um sorriso.

- Pensei que tomariam café da manhã? - Karine perguntou, forçando um sorriso.

- Por que você acha que é de manhã? Viajando pelo espaço, pra mim parece que é sempre noite... - Marcus respondeu entre um gole e outro de seu café.

- Ah... é o que parece. Pelos relógios, passou-se já um dia inteiro...

- Quer saber uma curiosidade dos primeiros voos espaciais? - Marcus lhe disse sorrindo, enquanto deixava o dispositivo que via de lado, sobre a mesa. - Quando empresas particulares começaram a oferecer voos espaciais para... as pessoas em geral, os relógios das naves, pelo menos os que eram visíveis ao "público", eram alterados, seus ponteiros moviam-se mais devagar e inclusive geravam interferência em aparelhos portáteis para também mostrar o tempo "errado". Todo este esforço para fazer as viagens parecerem mais curtas do que realmente eram para os passageiros. E sabe que realmente funcionava! Uma viagem à Lua, que geralmente levava uns três dias, os passageiros sentiam que se passava em apenas pouco mais de um. Isso evitava reclamações, e, também, que as pessoas desanimassem das viagens espaciais por causa de seu largo tempo de "translado". Bem, foi assim até que um passageiro descobriu, se sentiu prejudicado e processou a empresa com a qual viajou, daí eles deixaram de fazer isso. Mas, esta nave é bem antiga, sabe... Pode ser que...

- Aonde, isto não é verdade... - Karine lhe respondeu com um sorriso de descrença.

- É, talvez não seja. - Marcus falou dando de ombros. - Mas muitos contam esta história, e muitos acreditam nela... O que garante que não possa ter realmente ocorrido? - Karine pareceu formular uma resposta, porém, Marcus não lhe deu tempo de falar, concluindo seu pensamento: - Mas, isto não importa, só lhe contei isto mesmo para ver se lhe tirava a expressão carrancuda com que você estava. Funcionou. - um novo sorriso surgiu na face da garota, ao que ele continuou: - Agora sobre o seu desjejum... Tem café na garrafa, encima do balcão. Sempre tem café nesta nave, garantimos isso. - uma risada do rapaz ecoou no recinto. - O freezer está cheio de mantimentos, e você pode ficar à vontade para usar o forno. - Ele terminou a explicação apontando os dois equipamentos que havia mencionado.

Orientada, Karine foi até o freezer e pegou uma das muitas embalagens de refeições congeladas que ele tinha (entre outras coisas) e a levou até o forno, o qual ela estranhou grandemente, por possuir um estranho teclado numérico ao lado da porta.

- Onde está o leitor de códigos? - a pergunta da garota fez Marcus rir, antes de lhe responder:

- Este é das antigas. Você tem que programá-lo manualmente. É para isso que servem os botões nele.

- Botões?! - Karine expressou sua mescla de surpresa e contrariedade, enquanto tentava

descobrir como se faria a "programação manual" do forno, e temendo morrer de fome se não descobrisse tal "segredo".
Percebendo a angustia da jovem, Marcus lhe explicou:

- No verso da embalagem, deve ter instruções de uso. Esse é o problema com vocês acostumados com alta tecnologia, querem fazer tudo na hora e no automático. Esquecem até mesmo de coisas simples, como ler instruções de uso e fazer as coisas com as próprias mãos.

Analisando a embalagem, ela localizaria as instruções, informando a potência e o tempo necessários. Ela colocou a embalagem dentro do forno, porém, antes mesmo de fechar a porta, deve que tirá-la novamente, ao ouvir a pergunta de Marcus, que se antecipara ao seu erro: "Você tirou da caixinha antes de pôr no forno?". Com a futura refeição colocada no forno da forma correta, ela tocou suavemente nos comandos que pareciam ser os necessários para o início do cozimento, frustrando-se novamente pela falta de resultado. Ela questionou ao rapaz, que ainda não havia fechado o sorriso pelo último erro dela: "Não está funcionando! O que eu faço?!" Ele, novamente se antecipando aos equívocos dela, respondeu prontamente:

- São botões, não uma tela de toque, você deve pressioná-los, não apenas tocar neles.

Após tais instruções, ela finalmente conseguiu dar início ao preparo de sua refeição. Indo se sentar à mesa com seu "instrutor", não conseguindo disfarçar que tal esforço por algo tão simples a deixara bem chateada. Ela não conseguiu deixar de pensar que se estivesse em uma nave comercial, ou algum lugar particular, procuraria o responsável por obrigá-la ao uso de um equipamento tão obsoletamente complicado e não descansaria enquanto este tal responsável não sofresse com alguma consequência de tal fato. Mas, ali, ela não teria escolha a não ser guardar para si mesma para, talvez, rir da experiência, ao relembrá-la em algum futuro.

CAPÍTULO 31

Karine estava sentada a mesa, com braços cruzados e uma expressão chateada. Na mesma mesa, Marcus permanecia analisando um relatório na tela de um aparelho. O som fraco e continuo do forno aquecendo o desjejum da garota ecoava de fundo, evitando que um silêncio absoluto dominasse aquele ambiente. A jovem notou a aliança dourada no dedo anelar de seu companheiro de silêncio e, após alguns instantes, decidiu tentar puxar alguma conversa:

- Então, você é casado, não é?

- Sim, sim. - Marcus respondeu, meio que pego de surpresa. - Uma mulher maravilhosa, que me deu um menininho lindo.

- Hum, que bom. - ela forçou um sorriso. - Particularmente, não consigo me imaginar casada. Aproveitar um relacionamento e a companhia do outro é muito bom. Mas, me prender como que por um contrato de exclusividade que é, ao menos teoricamente, vitalício... A ideia pode ser até bonita, mas, qual é, não funciona na prática. Pra mim, é aproveitar enquanto durar, e quando acabar, acabou... Talvez, se tiver sido bom, com uma segunda rodada depois de um tempo. - um riso forçado saiu da garota, que logo desvaneceu, ao perceber que o rapaz parecia não compartilhar de seu senso de humor e, incluso, pareceu se incomodar com o comentário.

- Para mim e minha esposa está funcionando, e tenho certeza que continuará. Mas, cada caso é um caso, não é mesmo.

- Ah, bem, que está funcionando, eu acredito, mas, falar do futuro é um pouco mais complicado. - ela respondeu, novamente forçando um sorriso, sem conseguir induzir o mesmo em seu ouvinte. - Já tive relacionamentos "duradouros" também, mas, não durou.

- Não, não teve. - Marcus respondeu friamente, enquanto retornava sua atenção a seu relatório. - Você pode ter usado uma pessoa ou outra para suprir suas necessidades, tanto as físicas, quanto as emocionais, mas, isso não é se relacionar com alguém. É apenas usar, como a um produto. Uma vez que ele tenha cumprido sua função, e a sua necessidade tenha passado, ele é descartado. Pelo jeito que fala, não duvidaria que você nunca teve um relacionamento de verdade.

- Você que não sabe do que está falando! - Karine respondeu ríspida, não disfarçando a irritação que o comentário lhe causara. - Já tive vários namorados, e foram relacionamentos intensos e reais. Só não preciso de subterfúgios, como uma argola de metal em volta do dedo, para acreditar que tenho algo com alguém.

- Quantidade é diferente de qualidade e, quanto a ser intenso... um filme ou um jogo de computador podem ser muito intensos, mas, isto não os tornam reais. Uma pessoa pode assistir todos os filmes já produzidos e jogar todos os videogames que existem e, mesmo assim, nunca ter vivido uma aventura de verdade... - Marcus percebeu a expressão da garota se transtornando, e preferiu tentar evitar prolongar a discussão, ao que, sorrindo e alterando o tom de voz para algo menos sério, comentou: - Só quero dizer que... Bem, eu, pelo menos, acho, que se você entendesse mais de relacionamentos, teria tentado conhecer Ivana um pouco melhor antes de lhe fazer qualquer proposta...

- Ah, isso... - Karine corou. - Ela já lhe contou...

- É, acho que ela vai ficar brava por alguns dias.

- Não entendo o por quê... Eu até admito que eu posso ter me equivocado, mas, ela também está exagerando. Parece que nunca foi numa balada ou numa festa, as coisas são assim, oras. Ela deveria ter ficado feliz em chamar atenção, eu ficaria.

- Exatamente isso.

- Isso o quê?

- Não creio que ela já tenha ido a alguma "festa" ou "balada". Ivana tem uma história complicada. Ela e o irmão cresceram seguindo o pai e suas ideologias. Não que isso tenha sido errado, ele realmente era um homem bem intencionado. Mas, as vezes parece que ele se esforçou tanto por tornar os filhos excelentes "técnicos", que acabou esquecendo de lhes ensinar a terem... uma vida social ou algo do tipo. Ivana se convenceu que tinha ser "dura", então se afastou e se isolou de todo mundo, vivendo atrás de uma muralha de cinismo e sarcasmo. Acho até que ela nunca... Bem você sabe...

- Ah, isso é ruim. Mas, não é minha culpa ela ser uma alienada e ter desperdiçado a vida em vez de curtir e aproveitar...

- "Desperdiçado a vida"? - Marcus disse rindo. - Ela pode não viver como você acha que é certo, e pode também ter seus problemas, mas, se tem uma coisa que esta garota não fez, foi desperdiçar a vida. Acredite, ela já fez bem mais na "vida alienada" dela, do que qualquer pessoa que você pode encontrar em qualquer das suas festinhas fará ao longo de toda a vida. Olhe para esta nave, Ivana não só a consertou, como também a melhorou. Isso para não mencionar que, praticamente todos aqui, e isso inclui também você, estão vivos por causa dela. Não espero que você realmente entenda isso. Com certeza, você é do tipo que passou a vida toda se cercando apenas de pessoas que pensavam e agiam exatamente como você. Cresceu sem conhecer e sem aceitar que existem pessoas que pensam, agem, acreditam e são diferentes de você; e, como sempre esteve cercada de gente do mesmo tipo, se convenceu que todo mundo é, ou deveria ser, assim. Logo, pensar e agir de forma diferente da que você pensa e age é errado.

- Ela não me parece feliz sendo assim "diferente"...

- E você? Você é feliz?

A pergunta emudeceu Karine. Tal questão bateu no fundo de sua mente, fazendo-a ponderar sobre sua resposta. Porém algo nela insistia que ela não poderia dar o braço a torcer, e isto se antecipou aos demais pensamentos que tinha, jogando uma resposta em sua boca que foi esbravejada, porém, sem muito convicção:

- Sim, claro que sou. Venho de uma boa família, vivo em ótimas condições, estou ascendendo em minha carreira... Consigo tudo o que quero. Por que não seria feliz?!

- Bom, você pode continuar repetindo isso para si mesma, até se convencer. - Marcus terminou sua fala com um sorriso, o que incomodou a garota a sua frente, que parecia formular uma resposta. Porém, antes que ela começasse a falar, ele fungou algumas vezes no ar e questionou: - Que cheiro é este?

- Ai, droga, o forno!

O cheiro de queimado começava a se espalhar pelo refeitório, ao que Karine correu até o forno, pressionando o botão "Cancelar" para desligá-lo, enquanto esbravejava: "Mas eu segui as instruções da embalagem, como pode ter queimado!". Marcus apanhou a caixinha no lixo e leu sua parte traseira, olhou para o painel do forno e concluiu:

- Bem, as instruções dizem "Forno em potência média", você deixou em potência alta. - a garota demonstrou grande frustração, ao que ele riu e continuou: - Ah, não leve isso tão em conta, quase todo mundo queima a comida na primeira vez que cozinha.

Marcus voltou a mesa, enquanto ela tirava o prato do interior do forno para ver se conseguiria salvar algo da refeição. Após retirar as partes escurecidas, encontrando partes "aproveitáveis", ela retornou também a mesa, acompanhada de sua refeição, ainda pretendendo "ganhar" a discussão que iniciara, porém, enquanto seguia para a mesa, Klás também adentrou ao refeitório, cumprimentando a ambos enquanto ia até o balcão pegar um pouco de café. Já não estar mais a sós com o membro da tripulação que ela sentia "conhecer melhor", acabou por intimidá-la e ela optou por deixar a conversa anterior morrer.

CAPÍTULO 32

Klás e Marcus conversaram sobre a nave, porém, como o segundo afirmava enquanto mostrava um relatório em seu aparelho, estava "tudo OK", e o diálogo entre os dois acabou antes do café que tinham nas canecas. Karine, sentada na mesma mesa, porém a uma certa distância, tentava pegar pedaços de sua refeição, de forma cuidadosa, evitando queimar os dedos com a comida fumegante. Klás acabaria se voltando para ela, questionando por cordialidade, mas sem conseguir disfarçar certa falta de habilidade social:

- Enquanto a você, está tudo bem na nave? Eh, tipo, conseguiu se acomodar bem, sabe onde fica tudo o que precisa... e essas coisas?

- Sim. - ela respondeu, forçando também um tom cordial. - Não tenho do que reclamar.

Algo de silêncio retornou ao refeitório, enquanto Karine tentava retornar a sua refeição, que ainda se mostrava quente demais para ser consumida. Frustrada com esta situação, acabou optando por tentar gastar tempo conversando. Sem saber muito bem como começar a interagir, lançou o primeiro que veio a mente:

- E você, qual sua história? Seu nome é realmente "Klás"? - ao ouvir a pergunta, o rapaz sorriu de forma que não se poderia ter certeza se a pergunta o constrangia, ou se o teria deixado de bom humor. Mas, independente de como o havia atingido, ele respondeu:

- Na verdade, não. Meu verdadeiro nome era Anton Eduardovitch Konstantyn. Meu pai foi um subtenente no exército separatista, por isso, minha família foi exilada após a Guerra... Viemos para Marte quando eu ainda era uma criança pequena demais para entender exatamente o que estava acontecendo; mas acho que o oficial de emigração que nos atendeu não era muito fluente em russo, se é que entendia algo... Nosso sobrenome foi transliterado errado e virou "Klastantim", então começaram a me chamar "Klás". De início, encarava como algo ofensivo, mas, depois de um tempo, percebi que este deveria ser meu nome aqui... De qualquer jeito, a forma como me chamam não muda quem sou, não é mesmo.

- Faz sentido... - Karine comentou, assumindo uma posse pensativa. - Mas, não sei, acho que me incomodaria se as pessoas não me chamassem pelo meu nome certo. Sei lá, dá a impressão de que não sou importante o suficiente para elas se preocuparem em saber o meu nome certo...

O rapaz escutou o comentário, assumindo uma expressão também pensativa, até que pediu o aparelho de Marcus emprestado e digitou algum texto nele. Após isto, virou a tela para a garota, lhe mostrando o texto: "Антон Эдуардович Константин", enquanto lhe dizia:

- Em minha certidão de nascimento, é isso que está escrito, consegue ler o meu nome certo? - ela apenas balançou a cabeça de forma negativa diante dos estranhos caracteres, embora reconhecesse alguns do cartaz que tentara ler na colônia marciana. Ele continuou: - Pois é, quase ninguém na Terra consegue, após a Guerra a escrita de todos os idiomas foi padronizada com o alfabeto ocidental, não foi? - a garota confirmou. - Mas, nas colônias, outros alfabetos e formas de escrita ainda sobrevivem entre os exilados... Só que eu fui registrado como exilado, e como tal, meu nome foi modificado de acordo com as regras oficiais. Nos meus novos documentos, eu sou "Anton Klastantim". Para o governo na Terra, o Departamento de Migração e a Administração Colonial, este é o meu nome certo. O que mais eu posso fazer, a não ser aceitar e responder quando chamarem Klás...

Um novo silêncio se instaurou entre os três, embora Karine, agora, obtivera a desculpa de sua comida já ter esfriado o suficiente para ela estar com a boca ocupada mastigando, o que, por educação, a impedia de falar. Klás terminou seu café, e, incomodando-se com o silêncio, soltou um "eu preciso ir verificar umas coisas", e se foi, enquanto Marcus voltou-se novamente a seu aparelho, lendo algo em sua tela.

- Ele não parece ser nada perigoso... - Karine soltou após alguns instantes, enquanto degustava um bocado de sua primeira refeição a bordo, ao que Marcus a olhou por cima de seu aparelho com um olhar interrogativo. Diante de tal reação, ela engoliu o que tinha na boca e concluiu, antes de pegar um novo bocado: - Vi um informe de "procurado" com o nome e foto dele enquanto viajava para Marte.

- E você acredita em tudo o que vê na mídia? - o rapaz a interroga cinicamente.

- E por que não acreditaria? Graças à liberdade de imprensa, a mídia é nossos olhos e ouvidos para sabermos o que ocorre nos locais onde não podemos estar pessoalmente. - ela respondeu arrogantemente, com um ar de alguém que parecia estar mais repetindo o que ouviu outra pessoa dizer do que falando de si própria.

- A "liberdade de imprensa" apenas concede a mídia o direito de publicar qualquer notícia pela qual for paga. - o rapaz finalizou, no mesmo tom de "estar recitando" que havia percebido nela, retornando o olhar para seus relatórios.

- Então, - ela retomou após alguns instantes de um silencioso encarar. - qual a "verdadeira" história do "senhor Klastantim"?

- Ele... - Marcus disse distraidamente, como que tentanto fazer o assunto parecer sem importância. - É só um azarado. Foi o sujeito certo, na hora e lugar errados... - Porém, a jovem o ficou encarando, demonstrando a insatisfação com a resposta vaga, ao que ele pôs o aparelho que lia de lado, e, após um suspiro, que demonstrava não ser a primeira vez que contava aquela história, começou a explicar: - Como a maioria dos exilados, ele também trabalhava em uma mina. Mês passado, houve um desabamento na mina em que ele trabalhava, aprisionando diversos mineiros em seu interior. Ele, como operador de máquina, foi convocado para ajudar nos esforços de resgate. Porém, não demorou muito para os administradores da mina mandarem cessar tais esforços, alegando riscos de novos desabamentos e mais perdas. É claro que eles nunca explicaram se as "perdas" que estavam tentando evitar seriam a morte de mais pessoas ou danificar o maquinário extremamente caro que usavam; mas, você deve ser capaz de imaginar as tantas histórias e discussões que isto gerou... Bem, o que importa é que Klás não obedeceu as ordens de parar o trabalho e continuou escavando em busca dos mineiros presos, inspirando outras pessoas a fazerem o mesmo, e ele realmente conseguiu salvar mais uns quatro ou cinco deles. Os demais, porém... Como os administradores temiam, a mina desabou de vez, e os que estavam nas galerias mais profundas não tiveram chance. A questão é que Klás desafiou os chefes, desobedeceu-os e ainda salvou algumas vidas, e muitos quiseram usar isso para também se rebelar contra seus encarregados. Ele se tornaria uma espécie de "inspiração", e ele próprio, convencido por suas próprias boas intenções, assumiria este papel, liderando protestos que pediam melhores condições de trabalho nas minas. Acabou-se por descobrir que já existiam diversos "grupos" que também queriam estas "melhores condições", não só de trabalho, mas alguns também "de vida". Com alguns interesses em comum, eles se uniram e os protestos tomaram proporções "preocupantes". Quando os seguranças vieram "calar" os protestantes, muitos ali, dos dois lados, passaram dos limites e virou um confronto. Nisto Klás se tornou um "herói improvável", ele foi considerado o estopim do tumulto e um dos líderes da confusão, por isso se tornou "procurado". Mas, para os trabalhadores e exilados em geral, ele acabou se tornando algo mais, um símbolo. Ele foi o primeiro a, publicamente, desafiar as autoridades em favor deles, a mostrar que a vida deles valeria mais do que as cifras de uma empresa. Mesmo sem querer, ele os conquistou, e estas pessoas estão dispostas a seguir o que ele falar, mesmo que ele nem consiga perceber o tanto que isto signifique. O problema é que, se ele não começar a falar e fazer coisas... Duas coisas podem acontecer: primeiro, as pessoas esquecerão o que ele fez e se submeterão novamente a mesma exploração de antes, ou, o segundo, pior e mais provável, alguém pode começar a falar por ele, e não há garantias de que esta pessoa estaria tão bem intencionada quanto ele próprio. É por isso que nós estamos com ele, para garantir que, se algo for feito em seu nome, seja realmente ele que o faça e realmente com um bom propósito...

- E o que você acha que seria esse "algo" a ser feito por ele? - ela questionou com certo desdém na voz.

- Isto, só o tempo dirá...

CAPÍTULO 33

Cerca de uma semana após ter sua última conversa com Karine, seu "amigo" cientista, o jovem doutor Gollstën, seguia em seu carro, conforme sua rotina matutina, para mais um dia de trabalho. O veículo seguia seu caminho autonomamente, permitindo-lhe revisar diversos tratados e monografias através do óculos projetor que usava. Parte dele gostaria de usar a preocupação com o desaparecimento de sua amiga como desculpa para faltar ao trabalho, mas ele tinha seus motivos para não querer ficar em casa. Motivo este que o chamava. Não era a primeira vez que um informe de "Recebendo Ligação" aparecia diante de seus olhos, por sobre os documentos que revisava. A origem da chamada era identificada, na tela, com o nome "Pai". Sabendo que ignorar a chamada mais uma vez, apenas o faria continuar insistindo, ele optou por atendê-la. As telas com documentos foram minimizadas, e o rosto do homem, já de idade avançada, apareceu em primeiro plano, dando início a videochamada.

- Jamie, finalmente você atendeu. - o ancião o censurou com autoridade paterna, demonstrando a consciência de que as ligações anteriores não haviam sido atendidas propositalmente. - Sabe que estou ligando para lembrá-lo que hoje começa a sua semana de ficar com seu filho, caso você tenha se "esquecido".

- Eu não me esqueci... - o jovem respondeu apaticamente.

- Eu sei que não, mas, também queria te dizer que ele já está aqui em casa. Então, depois do trabalho, vê se vem direto para cá, nada de "passadinha no *pub*" ou de "socializar" em alguma festinha, OK?

- Não se preocupe, eu vou direto para casa hoje. - um silêncio incômodo se instaurou entre os dois, que se entreolhavam através das telas. - Acha que eu deveria levar algum presente para ele?

- Presente? Esse garoto já tem coisas até demais, ele precisa é de um pai.

- Pois me parece que esta é a única coisa que ele realmente não quer...

- E de quem seria a culpa... - tal resposta fez o jovem desviar o olhar sutilmente da tela, ao que o velho, ao perceber o efeito de seu comentário impensado, tenta amenizar. - Talvez, de noite possamos sair, nós três, ir comer fora... Sabe, uma noite só dos rapazes, o que acha?

- Claro. - ele respondeu, com um sorriso forçado. - Depois do trabalho vou direto para casa e planejamos algo.

- Filho... - o ancião assume um tom compassivo na voz. - Sei que você tem seus problemas... Espero que saiba que nem tudo é sua responsabilidade, e que eu sei que você tem se esforçado e feito o seu melhor, mas... - o jovem novamente desviou o olhar da tela, como que pedindo que aquela conversa terminasse logo, não se preocupando em não deixar o pai perceber tal desejo. - Espero que saiba também que eu sempre estarei aqui, sempre disposto a te ajudar no que puder...

- Eu sei. Agora, me desculpa, mas eu tenho que revisar diversos arquivos para o trabalho... Então eu preciso desligar. Nos vemos a noite.

- Está bem, filho, até lá.

- Até. - o jovem finalizou a ligação, erguendo os olhos e comentando consigo mesmo: - Ah, velho estúpido, ele realmente acha que tudo pode se resolver assim fácil? Ele acha o quê? Que ainda estamos em dois mil e... - seu monólogo se interrompeu quando ele olhou de relance por cima da armação do óculos projetor e percebeu que estava em uma área da cidade que não lhe era familiar. Ele retirou os óculos, buscando observar melhor os derredores e, constatando estar realmente em um lugar que lhe era desconhecido, questionou o computador do carro: - Atax, por que não está seguindo a rota convencional até meu trabalho?

- O destino da viagem foi alterado por comando externo. Esta é a melhor rota calculada para o novo destino. - a voz do computador lhe respondeu de forma suave e automatizada.

- Qual novo destino?!

- Avenida Masafiro Honma, número quinhentos e trinta e oito.

- Não sei que lugar é este, eu não mandei você mudar o destino! - o rapaz começou a se desesperar diante da situação, enquanto sua mente era invadida pelas histórias que ouvira, e, até então, descartava como "lendas urbanas", sobre criminosos que hackeavam o sistema de navegação de veículos para roubá-los ou sequestrar seus ocupantes.

- Foi uma atualização de destino externa, com comando de alta prioridade. - o computador informou, indiferente ao crescente desespero de seu passageiro.

- Cancele este destino e volte para o destino original. Agora!

- Desculpe, Jamie, não posso fazer isso. - a ideia de que o carro fora hackeado passou de suspeita para certeza, quase tão rápido quando a aceleração do pulso do rapaz ao ouvir tais palavras de seu computador de bordo, cuja voz, agora, pareceu-lhe fria e mecanizada de uma forma que ele nunca antes havia percebido.

- Exijo acesso como usuário root, desabilitar condução autônoma e passar para modo de condução manual.

- Desculpe, Jamie, seus privilégios de usuário estão temporariamente suspensos. Nenhuma alteração no sistema pode ser feita até chegarmos em nosso atual destino - o pânico do rapaz tornou-se máximo enquanto o veículo fazia uma curva e, pelo mapa eletrônico, exposto na tela principal do painel, ele constatou entrar na Avenida Masafiro Honma. Por fim, ele ficou completamente sem ação, em uma espera passiva, enquanto o carro avançava pela avenida e os números dos edifícios iam diminuindo gradativamente, se aproximando cada vez mais do 538 e o ponto vermelho na tela do mapa, o "destino", se aproximava continuamente.

Quando o destino finalmente foi alcançado, o veículo adentrou o estacionamento do respectivo edifício e tomou uma das vagas, sendo que havia várias delas vazias, mas o carro pareceu se dirigir para uma em específico. O coração do rapaz, antes acelerado, quase parou de bater. Suas mãos e pés formigavam e seu estômago parecia transbordar e estar vazio ao mesmo tempo. Tais sensações foram multiplicadas no momento em que percebeu um homem de terno, próximo ao carro, que, claramente, estaria ali o esperando, e vinha caminhando em sua direção, parando de frente à porta.

CAPÍTULO 34

- Senhor Jamie Gollstën Lemarck-Montez? - o homem de terno, parado do lado de fora da porta, perguntou, inclinando-se suavemente na direção do interior do veículo, olhando seu ocupante através do vidro. Tendo seu carro sido hackeado e o conduzido até um homem desconhecido que o chamara pelo nome completo, era desnecessário dizer que o jovem estava apavorado. Seu pavor era tamanho que, diante da indagação, tudo o o que conseguiu foi gaguejar uma resposta afirmativa, enquanto tentava forçar os músculos de seu corpo para não tremer, o que também não estava conseguindo fazer muito bem. Recebendo a confirmação de identidade e vendo claramente o terror nos olhos do rapaz, o homem de terno o tentou acalmar: - Não se preocupe, senhor, não estou aqui para lhe fazer nenhum mal, e lhe afirmo que o senhor não está correndo qualquer risco comigo.

Jamie pareceu relaxar um pouco, porém ainda se mantinha tenso ante a situação que lhe era completamente nova e estranha. Sua cabeça fora instantaneamente inundada por dezenas de pensamentos de o que deveria ser aquilo. Por um instante os tempos de faculdade passaram por sua mente e ele temeu que teriam descoberto alguns "feitos questionáveis" que teria realizado, mas tais pensamentos se perderam enquanto repetia em sua mente as palavras "você não está em risco" e a pergunta "então o que seria isto?" retornava repetidamente. Ele foi tirado do transe de pensamentos que o havia arrebatado ao ouvir o homem lhe dizer: "Por favor, abra a porta." Mesmo voltando a atenção de volta ao homem, ele permaneceu sem reação, ao que o homem de terno se virou ligeiramente e falou a um outro, que estava pouco atrás dele, o qual Jamie ainda não tinha percebido. Este segundo homem, permanecia mexendo em um pequeno computador portátil e recebeu a ordem do primeiro: "Abra a porta." O tempo de alguns poucos comandos na tela do aparelho depois, a porta do veículo se abriu, atraindo a atenção do rapaz em seu interior e devolvendo-lhe parte do medo que parecia já o ter deixado. Vendo que o temor voltara ao rapaz, o homem de terno lhe repetiu que não estava em perigo, pedindo que se acalmasse e que o acompanhasse até fora do carro. Ainda que relutante, Jamie acabou colaborando e saindo. Já do lado de fora e de frente ao homem, o qual agora se podia perceber que era bem alto, este lhe mostrou uma credencial em seu aparelho portátil, de forma mais rápida do que seria preciso para que se pudesse realmente ver qualquer coisa, e se apresentou:

- Eu sou Eduardo Narlakh, peço desculpas pela forma como o trouxe até aqui, porém, espero que o senhor compreenda que é por uma razão muito importante que recorri a tais recursos.

Gostaria apenas que me confirmasse algumas informações.

- Que tipo de informações? - o rapaz respondeu precavidamente e ainda sem conseguir um tom firme na voz.

- O senhor deve saber que, a cerca de uma semana, a duquesa Karine Innaz de Ortega Palus, desapareceu enquanto estava a serviço do IICE, em Marte. Temos informações de que o senhor teria sido a última pessoa com quem ela se comunicou antes do desaparecimento. O senhor confirma ter realizado esta videochamada no dia em que ela desapareceu? E também temos informações de que vocês dois seriam parceiro sexuais, confirma isso?

Em um primeiro instante, tais perguntas soaram como um alívio na mente do rapaz, não o estavam seguindo por algo que ele fez, mas seria um investigador do caso de Karine. Porém, o temor lhe voltou quando um pensamento lhe passou pela mente, o que o levou a responder rapidamente:

- Eu... eu não tenho nada a ver com o caso... Conversamos apenas coisas triviais... Sem importância... Eu não faria...

- Acalme-se senhor, - Narlakh lhe falou de forma tranquilizante. - não se preocupe, estou apenas buscando informações do caso, peço desculpas se lhe fiz pensar que era suspeito de algo. Tenha certeza de que o senhor não está em nenhuma lista de suspeitos ou qualquer coisa do tipo. - Percebendo-o mais calmo, o indagador continuou: - Mas bem, então, o senhor, confirma que se comunicou com ela no dia do ocorrido, certo?

- Ah... Sim, nós conversamos no dia.

- E o senhor poderia me conceder o acesso ao conteúdo de tal conversa, para que eu possa buscar qualquer informação relevante para minha investigação?

- Sim, não creio que possa realmente ter algo que possa ajudar... mas, tome. - Jamie lhe respondeu entregando-lhe seu aparelho portátil.

- Qualquer informação é útil nestas investigações. - Narlakh comentou enquanto pegava o aparelho e o entregava ao outro homem que permanecia pouco atrás dele, voltando-se em seguida para o rapaz a sua frente, que lhe questionava de uma forma como se sentisse obrigado a manter a conversa:

- E vocês já sabem o que aconteceu com ela, onde ela pode estar...?

- Infelizmente, não. - Narlakh lhe respondeu como se também se sentisse obrigado a conversar, mas sem a mínima vontade de fazê-lo.

- Não consegui muitas informações ainda, mas estou me esforçando nisto.

Antes dele terminar de falar, o outro homem lhe sinalizou com o aparelho de Jamie, devolvendo-o. Após o pequeno aparelho retornar as mãos de seu dono, o indagador lhe sorriu profissionalmente e lhe estendeu a mão para um cumprimento e uma despedida cortês:

- Bem, muito obrigado pela colaboração. Tenha um bom dia de trabalho.

Jamie lhe devolveu uma despedida também educada, a qual sequer foi terminada antes do outro homem lhe virar as costas e deixá-lo. Retornando ao carro e religando o computador de bordo, Jamie o comandandou para que fosse ao seu destino original, ou seja, para o trabalho. Parte dele se ressentia por saber que chegaria um pouco atrasado, mas outra parte sentia que tal atraso seria amenizado por ter ajudado na investigação de um caso que já era do conhecimento de muitos. Ele seguiu o resto da viagem, refletindo sobre a situação em que sua amiga poderia se encontrar, se perdendo algumas vezes em dúvidas sobre qual tipo de investigador seria aquela tal Eduardo Narlakh e qual relação ele teria com a polícia ou com o governo para investigar tal caso, além de o porquê de tal nome lhe parecer familiar, como se já o houvesse ouvido antes, ainda que não se lembrasse de onde.

CAPÍTULO 35

Jamie chegou ao laboratório da Universidade em que trabalhava com um certo atraso. Como de costume, seu carro seguiu até o estacionamento do local e tomou a vaga que lhe era reservada. Ao passar pela portaria, percebeu que muitas das pessoas ali estavam distraidamente concentradas em seus aparelhos portáteis (mais do que de costume). Uma olhada um pouco mais atenciosa e ele percebeu que quase todos estavam assistindo ao mesmo canal de notícias. Sabendo que seria considerado muita falta de educação assistir junto de outra pessoa ou interrompê-la para simplesmente perguntar o que lhe prendia a atenção, ele apanhou seu próprio aparelho, conectou a rede de mídia e buscou na aba de "Assuntos do Momento". Ele localizou o canal e o vídeo que todos pareciam assistir no "top 10 do que todos estão vendo", embora, para isto, antes ele precisou habilitar o filtro de "não contabilizar vídeos de sexo e pornografia", e precisou descer a lista até as últimas posições, passando por dois clipes musicais, um novo episódio de um desenho animado, três trailers de um novo videogame, o vídeo de um rapaz que entrara no desafio de passar uma semana comendo apenas as próprias fezes e um vídeo tutorial de como se suicidar sem sentir dor (que, não importando quantas vezes fosse deletado da rede, sempre retornava, e sempre ficava entre os mais assistidos). Abrindo o vídeo, na verdade, uma transmissão "ao vivo", ele se surpreendeu ao ver que se tratara de novas informações no caso do desparecimento da duquesa Karine. Abrindo a mídia, apareceu um apresentador discursando indignado:

- Meus amigos, olhem só se não é um absurdo intolerável e revoltante! Essa jovem, que tinha uma carreira incrível pela frente, deu uma pequena desviada desta carreira, com a melhor das intenções, num desejo de querer ajudar os "necessitados", ou melhor, os que ela acreditou, os que a convenceram, que seriam "pobres necessitados", e viram o que aconteceu?! Esses "pobrezinhos", estes MONSTROS, não foram capazes de reconhecer a boa vontade dela, nem nada! Só viram a oportunidade de se darem bem e a sequestraram! É sério, é inacreditável a degradação que o ser humano atinge... Vocês vão me desculpar, mas eu não suporto mais ver estas coisas, é REVOLTANTE DEMAIS! E ai você tem que aguentar estes discursinhos de que os exilados nas colônias são "injustiçados" e todo esse blá-blá-blá, queria que um destes defensores destes monstros viesse aqui me dizer aqui quem é que está sendo injustiçado, se estes marginais sequestradores, ou se esta jovem, cujo único crime foi querer ter boa vontade para com quem não merece! Foi se deixar convencer por esse falatório de merda e olha no que deu! - o apresentador fez uma pausa, respirando pesadamente por alguns instantes, antes de continuar num tom um pouco mais leve. - Novamente, temos que agradecer nosso enviado especial, que, diretamente de Marte, nos trouxe este caso e o jornalista Anselmo Ben Narlakh que conseguiu acesso a estas novas informações com exclusividade e as trouxe para nós, para que soubéssemos desta barbaridade que ocorreu na colônia marciana... Realmente, - ele retorna ao seu tom enraivecido. - temos que cobrar do nosso governo e das autoridades competentes ações para impedir que este tipo de coisa se repita! - Voltando a se acalmar, ele concluiu: - Vamos agora para uma rápida mensagem dos nossos patrocinadores e já voltaremos para nos informamos mais dos absurdos que estão ocorrendo com a nossa boa gente.

A imagem do estúdio fechou e se iniciou o comercial, mostrando um casal de crianças bonitas, felizes e muito bem vestidas e maquiadas se divertindo com um cachorrinho em um belo cenário, enquanto o narrador dizia em tom afável: "Nossa empresa, ao contrário do que parece do governo e das autoridades, se preocupa com o que é importante para você, por isso disponibilizamos novos planos de segurança privada com cobertura total, inclusive para casos de..." - Jamie desconectou o aparelho antes da propaganda terminar, e, olhando ao redor, escutou comentários indignados (além de um rapaz que falava entusiasmadamente da nova música de alguma cantora que era moda naqueles dias), um casal de garotas, que eram as pessoas mais próximas a ele naquele momento, comentavam, claramente transtornadas:

- Nossa, como isso é indignante! - uma delas dizia - Hoje mesmo eu escrever um *post* sobre isso! Não posso deixar passar uma merda destas, estes filhos da puta vão ver só!

- Isso mesmo! - a outra incentivava. - Quando postar me manda que eu faço questão de compartilhar!

Outros comentários do tipo ecoavam pela área, acompanhados do rapaz que continuava a falar de sua nova música favorita, mostrando-se um tanto confuso ao não conseguir compreender o porquê das demais pessoas não estarem tão entusiasmadas quanto ele com o que, segundo lhe parecia, seria o maior lançamento fonográfico da história da humanidade (pelo menos até a próxima semana, quanto uma outra música seria lançada e massivamente propagada pelas redes de mídia). Enquanto a Jamie, ele foi invadido por uma mistura de sensações, sentindo-se usado e bobamente enganado. Tomado pelo pensamento e calculos mentais de por quanto tal repórter teria vendido a notícia para que ela fosse realmente lucrativa, considerando o empenho e os gastos que teria tido para consegui-la. Logo se pôs a pensar também que ele já deveria ter toda a informação de que precisava, tudo o que fez fora apenas pela formalidade de conseguir a autorização para exibir tais informações, já que utilizá-las sem a devida autorização poderia lhe render algum processo judicial. Após se perder em algumas tantas divagações de sua mente, ele acabaria por voltar a si e tomar o caminho do laboratório em que trabalhava.

CAPÍTULO 36

Após o dia de trabalho, Jamie adentrou ao seu carro, para seguir o caminho de volta para casa. De início, ele pensou em ativar o modo de condução manual, com medo de vir a ser novamente hackeado. Porém, isto o lembrou da última vez que tentou usar o modo de condução manual. Naquela fatídica tentativa, ele perdeu o controle do veículo, subiu numa calçada, atropelou um gato e só conseguiu parar após bater contra o muro de uma casa (com isto, ele teve que pagar a reconstrução do muro, que tinha certeza de ter sido superfaturada, além de uma indenização por ter matado o gato da família, que o advogado deles conseguiu ser de um valor que faria qualquer um querer ter o seu gato assassinado). Tal lembrança lhe fez sentir uma certa frustração por sua inaptidão ao volante. Ele, porém, amenizou a frustração lembrando que a maioria das pessoas que conhecia também não se davam bem com o modo de condução manual. Lembrou-se também de ter lido em algum lugar que empresas automobilísticas já estariam, inclusive, planejando fabricar carros que nem sequer viriam com esta opção. Por fim, ele repetiu mentalmente para si mesmo que "as pessoas dizem que gênios, do tipo de Einstein ou Mallansohn, sequer sabiam andar de bicicleta", a frase do senso comum que lhe funcionou como desencargo de consciência. Ele, então, ligou o carro, informando seu destino ao piloto automático.

Ainda que estivesse com a cabeça cheia dos mais variados pensamentos, o caminho de retorno não teve nenhum contratempo. Jamie havia se esquecido que seu pai e seu filho lhe esperavam em casa, mas, também, não havia sentido ânimo para aceitar o convide que recebera de alguns colegas, de terminar o dia em algum bar, de forma que voltou direto para sua residência. A memória apenas lhe assombrou quando o carro já manobrava diante de sua garagem. Isto o fez permanecer dentro do veículo, parado, refletindo, com a testa apoiada sobre o painel, naquele instante, apagado. Detectando que sua presença se demorava no interior do carro, o computador de bordo se reiniciou automaticamente: "Percebo que você ainda está no carro, gostaria de ir a mais algum lugar, Jamie?" Caindo em si, que não haveria como alterar o destino que se abria diante dele, o rapaz respirou fundo, como que tomando fôlego antes de um mergulho, respondeu educadamente ao computador e desceu do carro, adentrando a casa. Na sala de estar, viu seu velho pai, reclinado em um dos sofás, lendo silenciosamente algum livro de poesias em seu aparelho portátil. Ao se distrair, vendo o sereno ancião, não percebeu um carro de controle remoto que estava no chão, próximo a entrada, e acabou por tropeçar nele, xingando alto pelo ocorrido. O palavrão solto gratuitamente, acabou tirando a atenção do idoso de sua leitura e o fez se voltar para o filho, o qual apenas sorriu forçosamente de volta. Tentando iniciar uma conversa, o jovem comentou:

- Este é o carrinho que você deu pra ele na última vez que ele veio, não é? Parece que ele gostou... Afinal trouxe junto com ele desta vez.

- É... - o pai responde insipidamente. - Eu lhe dei esse carrinho de controle remoto ao ver que o jogo que ele não para de jogar era de dirigir carros... Pensei que isto poderia atrair a atenção dele. Mas, com um carrinho de controle não dá para atropelar pessoas... Assim ele preferiu continuar no videogame... e não, ele não o trouxe de volta. Este brinquedo está ai no mesmo lugar deste que eu dei pra ele, e ele, imediadamente, o largou. Disse para a empregada que o levasse para alguma criança que ela conhecesse, mas ela ficou com medo de levar algo daqui sem o seu consentimento; deve ter ouvido o motivo da última ter sido despedida... E como você nunca está em casa durante o dia para vê-la... O brinquedo ainda está ai.

- E onde o Kelvin está? - Jamie questiona, desejoso de mudar de assunto desesperadamente.

- Onde mais? No quarto, jogando e xingando os "amigos" com quem joga...

Jamie deu alguns passos lentos em direção ao próximo cômodo, enquanto seu pai retornava a leitura. Quando estava no limiar dos dois ambientes, a voz do velho ecoou no ar:

- Você se esqueceu e não fez reservas em nenhum lugar não é mesmo?

Sem graça, retornou alguns passos e devolveu o olhar ao pai, acompanhado de um sorriso de remorso.

- É, agora não acharemos nenhum lugar que aceite reserva em cima da hora que não seja uma verdadeira espelunca. Os lugares bons gostam de verificar nossos antecedentes e as notas que damos e recebemos antes de nos permitir entrar em seus salões... Mas, tudo bem. Duvido muito que aquele garoto realmente iria querer sair ou fazer qualquer coisa. Pelo menos passe no quarto dele, antes de ir para o seu.

Jamie assentiu com a cabeça e seguiu pela casa. Era uma casa grande e bem mobilhada. Atravessou a cozinha, ampla, centrada por uma enorme mesa, que nunca era usada, com vários balcões e uns tantos eletrodomésticos, tudo em tons neutros e combinando, e que, devido ao raro uso, mais pareciam o mostruário de alguma loja do que uma casa. A cozinha dava acesso à escadaria que conduzia ao andar superior, onde ficavam os quartos, o de visitas era o primeiro após a escada. A porta estava fechada, ele a abriu lentamente, como que querendo evitar ser percebido. O garoto estava deitado na cama, jogando em seu aparelho portátil, como o avô havia dito, o fone de ouvidos o impediu de perceber que alguém adentrava o quarto.

- Seu lazarento desgraçado! Só me matou porque eu tô comendo a sua mãe enquanto jogo, filho de uma puta arrombada do caralho! - o garotinho gritava, fazendo sua voz fina ecoar pelo quarto. Ele percebeu a aproximação do pai, mas apenas lhe deu uma olhada rápida e depois se voltou para o jogo. Um tempo considerável depois, e uns tantos xingamentos a mais, ele se voltou novamente para onde o pai estava, e vendo-o ainda ali, o questionou: - O que você quer?! Não tá vendo que eu tô ocupado!?

Jamie pensou em sair, e um de seus pés até se moveu em direção à porta, porém acabou decidindo insistir em ficar. O menino, percebendo a insistência do pai, acabou pausando o jogo, retirou os fones, se sentou na cama e se voltou para ele com ar interrogativo e uma expressão chateada no rosto.

- Oi, filho, como estão as coisas? - Jamie perguntou vacilante.

- Como você acha que eu tô? Tive que vir pra essa bosta de lugar, deixando todas as minhas coisas lá em casa... Preferia ter ido pra casa da ex da minha mãe, ela tem uma coleção de carros esportivos de luxo que é demais, não dá nem pra comparar com aquele lixo que você tem... - o menino descarregou com voz irritada.

- Ah tá... - Jamie diz após respirar fundo. - E como está a sua mãe?

- Ela e os atuais namorados contrataram uma empresa de filmes para gravar um vídeo para o canal Pegação Total, só que lá eles tem uma regra idiota de não querer que menores de doze anos apareçam nos vídeos... Daí, por precaução, ela me manda pra cá. Retardada.

- Ah, bem... Eu e o seu avô estávamos pensando em fazermos algo, nós três... Não deu para fazer nenhuma reserva hoje, mas, o que você acha de amanhã?

- Fazer o quê?! Com vocês ainda... Eu não quero fazer nada, só quero que esta semana acabe logo.

- Bem, você que sabe... - Jamie suspira e passa a caminhar para fora do quarto. - Se mudar de ideia, fala comigo ou com seu avô...

CAPÍTULO 37

Já a mais de quarenta milhões de quilômetros de Marte, e avançando a quase trezentos mil quilômetros por hora, ainda que pelas janelas da nave a visão do espaço dava a perturbadora impressão de estática, Karine continuava a viajar a bordo da nave dos "fugitivos rebelados", deitada na cama de sua "cabine", extremamente entediada.

Sua crise de indolência seria interrompida ao se ouvirem batidas em sua porta. Com certo sentimento de confusão e, ainda que, de certa forma, grata por aparecer algo que a desconcentrasse daquele "tédio infernal", ela se levantou e foi até a porta, abrindo-a, o que lhe revelou Klás, que se apresentava com uma expressão de certo constrangimento. Ele deu uma pequena pigarreada, e falou em um tom que não demonstrava muita confiança:

- Olá. Bem... é que a viagem já segue a mais de uma semana, e você passou os últimos dias só fechada na cabine... ainda falta muito para chegarmos... Então, pensei que você poderia querer, e que poderia lhe fazer bem também, alguma atividade que ajudasse a passar o tempo aqui... Também ajudaria com as rotinas da nave... Eu não sei, acho que seria bom, não acha?

Karine levou alguns segundos para entender o que o rapaz estava tentando lhe dizer, mas entendeu que ele lhe estava oferecendo algo para fazer, ainda que não conseguisse decifrar se ele a estava mandando trabalhar ou a convidando para um passeio. Porém, qualquer opção ante continuar inerte dentro daquela cabine lhe parecia aceitável, o que a levou a responder um "sim, claro". A esta resposta seguiu-se um "então, vamos" do rapaz, que passou a caminhar pela nave, com a garota o seguindo.

Os dois avançaram pelos corredores daquela área da nave, não se deparando com nenhum dos demais tripulantes (o que não seria nada estranho, visto que, fora eles dois, havia apenas outras quatro pessoas naquela nave, que era bem grande). Eles atravessaram a Ala Médica, fazendo com que Karine se lembrasse de seus constrangedores primeiros momentos a bordo, e seguiram mais adiante. Ela ainda não havia penetrado tanto na nave. Após alguns tantos minutos de caminhada, que Karine pensou que teria sido bem mais rápida e confortável se dispusessem de "cabines de translado interno", como as que vira em naves comerciais e de turismo nas que já tivera a oportunidade de estar, eles chegaram ao setor nomeado de "Suporte Biológico". O clima ali era estranhamente agradável, "fresco", por falta de uma palavra melhor. Não que o restante da nave fosse desconfortável, mas, naquela seção se sentia uma atmosfera mais agradável, mais "leve". Também se sentia ali um suave odor, impossível de se identificar ou descrever, porém agradável. Klás a conduziu para dentro de uma das salas, que se revelava uma ampla estufa hidropônica. Diversas estruturas, com formado semelhante ao de prateleiras e guarnecidas por um emaranhado de tubos e cabos, ornamentavam-se com uma verdejante variedade de plantas. Um fraco e continuo som de água corrente se ouvia por toda parte.

- Esta é nossa "horta", a fonte da maior parte dos alimentos consumidos a bordo. - Klás lhe apresentava rapidamente, demonstrando percebível gosto por aquela área.

Ele se adiantou um pouco e se aproximou de um painel, tocando-o, fez aparecer diversos dados com informações de cada uma das "prateleiras". Havia gráficos, esquemas e tabelas que apresentavam desde informações técnicas, tais como porcentagens de nitrogênio e amônia, até informações triviais, tais como identificação das espécies e variedades de vegetais ali cultivadas. Mostrando o painel para a garota, e chamando-a para junto de si, ele se pôs a explicar:

- Todos os detritos produzidos na nave são reduzidos e diluídos na água que é conduzida através das canaletas destes *racks*, nutrindo e regando as plantas. Elas auxiliam na reciclagem atmosférica da nave, as lâmpadas UV, aliadas a um sistema de filtragem na ventilação que conduz o dióxido de carbono presente na nave para esta seção, as auxilia no processo de fotossíntese.

- Já vi um pouco a respeito destes sistemas. - Karine comentou, querendo demonstrar-se entendida do assunto. - Ouvi dizer também que as naves mais modernas usam tanques de algas para ajudar na reciclagem atmosférica

- Parece prático. - Klás comentou, tentando não transparecer que nunca ouvira falar daquilo. - É uma pena que não disponhamos de tal engenho aqui... Bem, mas a tarefa que pensei em lhe passar, seria apenas o cuidado com a horta mesmo. É algo até que bem simples, basta observar as plantas, se estão todas verdes e com aparência saudável, ver as que estão maduras, estas coisas. Caso alguma delas se mostrem murchas, com folhas amareladas ou ressecadas, ou qualquer outra coisa estranha, basta selecionar o *rack* em algum dos painéis e alterar os valores de nutrientes e antibióticos que ele recebe, em 99 por cento dos casos isso resolve. Do mais, é só se atentar quanto aparecer o informe de "planta madura" em alguma das telas, a colher e guardar no "celeiro" - nisto ele acenou com a cabeça na direção de uma porta, próxima a entrada da estufa, onde se lia, escrito a mão numa placa, "Celeiro". - Poucos dias são mais que o suficiente para pegar o jeito... Acredito que você achará o estar nesta seção muito agradável, o que também ajudará a fazer a viagem parecer menos demorada...

De fato aquela área era muito agradável. O clima, o odor suave, a atmosfera, era tudo quase tão agradável quanto o jardim da mansão de Mallus-Bernard. Karine, embora já não prestasse muita atenção na tagarelice a qual o rapaz que a acompanhava havia se entregado, estava chegando a esta conclusão, quando ouviram-se alguns risinhos, vindos de uma área mais ao fundo da estufa, os quais denunciavam que mais alguém estaria por ali. Isto atraiu também a atenção de Klás, interrompendo sua explicação sobre aquele setor.

Os dois foram na direção em que os risinhos pareciam vir (na verdade, Klás foi naquela direção, Karine apenas o seguiu, por considerar não ter outra opção do que fazer no momento). Após avançarem por uma certa quantia daquelas prateleiras de plantas, chegaram aos "fundos" daquele setor, onde encontraram Zara e Iuri, que colhiam algumas folhas digitiformes de uma planta que parecia ser cultivada em toda aquela parte em que estavam.

- Mas, o que vocês estão fazendo?! - Klás questionou, claramente contrariado. - Vocês estão desperdiçando recursos com esta erva de vocês de novo!

- Qual é... - Zara respondeu desbocadamente, enquanto Iuri continuava a colher folhas, parecendo inerte a tudo que se passava ao seu redor. - Só estamos cultivando um pouquinho... E... Precisamos de algum entretenimento vivendo sempre fechados nesta lata...

- Vocês estão usando todo um *rack*! - Klás insistiu, enquanto Karine apenas assistia a cena, sendo visível que ela preferia não se envolver. - Temos recursos escassos e vocês desperdiçam com essa... Deveriam é estar fazendo algo útil para a nave.

- Você está precisando é de mais amor, do tipo lance físico – e ela desatou em risinhos antes de concluir: - está na cara que precisa é de uma boa dose de amor conjugal, mesmo... - aquela conversa da jovem parecia irritar ainda mais a Klás, ao que ela, percebendo, continuou, sorrindo cinicamente: - Estressado deste jeito, tenho certeza que nunca nem fez um amor gostoso em gravidade zero... Deveria experimentar qualquer dia, é muito bom...

- Saiam daqui, vão. Conversarei com Ivana e Marcus sobre vocês precisarem tomar jeito...

- Tá, que seja... Só não mexe nas nossas plantinhas... - Zara concluiu, um pouco contrariada, antes de agarrar o braço de seu namorado e sair da estufa, arrastando o garoto consigo.

CAPÍTULO 38

Os dias foram se passando dentro da nave. Pelo menos, era o que aparentava. Mesmo com os padrões de iluminação da nave se alterando a cada intervalo de 12 horas (com o intuito de simular a sucessão de dias e noites), não era difícil perder a noção do tempo em uma viagem como aquela.

Felizmente, para Karine, Klás estava certo, em pouco tempo ela aprendera como funcionava a estufa da nave e as técnicas de cultivo hidropônico que eram usadas ali. Aprendera como ler e interpretar as informações que os painéis de controle apresentavam, assim como quais ações realizar para conseguir cada resultado que se desejasse. Também, conforme ele lhe havia dito, a função era relativamente simples, porém, apreciável de se fazer. Ela acabou pegando gosto por tal trabalho, indo a seção todos os dias, mesmo não sendo necessária uma rotina tão assídua, e sempre buscando o que fazer nela ou formas em que supostamente conseguiria alguma melhora de desempenho (o que, algumas vezes, chegou a preocupar os demais tripulantes, que chegariam a pensar que ela poderia gastar mais recursos do que teriam a disposição com o intuito de "aumentar a produção" e, não conseguindo o resultado esperado, prejudicar os suprimentos da nave; embora, na verdade, não houve nem aumento nem prejuízo na produção de vegetais da estufa).

Karine, também, pegaria a rotina da nave. Marcus parecia ser o mais "experiente", e ensinava a Klás como pilotar e manter a nave, enquanto que este parecia se mostrar um aluno dedicado (quase que como impelido por um "dever de honra" em aprender aquelas coisas), sendo dificilmente visto sem estar junto do amigo e instrutor. Ivana (claramente a mais "entendida" em mecânica) parecia sempre preocupada em manter a nave funcionando e dificilmente era vista fora das salas de máquinas, algumas vezes até levava suas refeições para comê-las ali. Apenas no desjejum era certeza de poder vê-la, onde ela costumava conversar com os amigos com grande desenvoltura, sempre em um tom cínico e irônico, embora, ainda parecia mostrar certo incomodo com a presença da duquesa. Iuri e Zara viviam como adolescentes apaixonados (embora já deveriam ter passado desta faixa etária a algum tempo, ainda que Karine jamais chegou a se atrever a perguntar a idade de qualquer um deles), trocando carinhos sempre que possível. Iuri era constantemente requisitado para ver questões de manutenção da nave, principalmente por sua irmã (aparentemente, ele seria tão "entendido" quanto ela, porém mais para a parte de navegação do que para a mecânica dos motores), com a qual parecia realmente ter uma ótima relação. Também parecia se dar bem com os outros dois, embora sempre se observava neles um certo tratamento de "caçula" para com o rapaz. Já Zara, parecia isolada dentro da nave. Com exceção do ótimo relacionamento que possuía com Iuri, com os demais não parecia ter mais do que algumas rápidas conversas esporádicas. Ao que parecia, ela não era "especialista" em nada ali dentro, logo, não aparentava ser de muita ajuda aos demais, e também não se monstrava muito disposta a tentar aprender.

Não fora nenhuma surpresa a sua tentativa de fazer amizade com Karine, incluso a acompanhando diversas vezes até a estufa, para "ajudá-la", embora não fizesse nada além de se encostar ou se sentar em algum lugar e ficar conversando com ela, enquanto esta fazia os trabalhos que aprendera. A garota realmente parecia ter muita vontade de conversar, de se fazer amiga, embora não tivesse muito do que falar. Sua vida, praticamente, se resumia a fumar e trocar carícias com o namorado. Ela até tinha alguns passatempos, tinha conseguido baixar para a memória da nave alguns jogos eletrônicos, assim como algum conteúdo multimídia, na sua maioria vídeos musicais, mas também uns tantos filmes, episódios de séries e alguns outros conteúdos. Ela chegaria a mostrar a Karine o seu relativamente amplo diretório de entretenimento, o qual, mantido na memória da nave, era acessado pelos terminais, enquanto contava o quanto Marcus e Klás já haviam reclamado dela estar "desperdiçando" recursos da nave com aquilo, vangloriando-se de manter seus "arquivos inúteis" intactos, como se isto fosse a maior das façanhas. As duas compartilhariam algum tempo se distraindo com tais arquivos, porém não demoraria muito até a monotonia da falta de variedade começar a prejudicar a convivência entre elas. Percebia-se facilmente que Zara sentia certa falta de sua vida anterior. Aparentemente, ela viria de uma família bem abastada (segundo ela mesma contara, seu pai fora nomeado chefe de segurança em um dos principais laboratórios do IICE em Marte, e por isso eles teriam vindo às colônias quando ela, a caçula da família, teria menos de dez anos), e, mesmo com as limitações das colônias, ela vivera saindo com "amigos" e frequentando festas (as quais eram dadas por outros filhos de profissionais bem-sucedidos que haviam ido enriquecer naquele planeta, arrastando suas famílias junto), sendo nestas festinhas que começara a beber, fumar e ter relacionamentos insólitos, tudo em busca de se distrair e entreter. Até que conhecera Iuri por uma rede de relacionamentos. Ambos compartilhavam o sentimento de viverem presos em uma vida que não queriam, além de diversas carências afetivas (ele por ter sido privado de sua família, e ela por sua família, embora fisicamente presente, se manter sempre emocionalmente ausente, totalmente ocupados e aficionados com a busca da felicidade que o sucesso lhes traria). Assim os dois se completaram e, inevitavelmente, se apaixonaram. Incluso, percebia-se que a extrema dedicação ao namorado seria uma forma de contornar a falta que sentia das coisas que abandonara com a antiga vida. Para a sorte dela, a paixão era verdadeira e tal dedicação lhe era recíproca. Ainda assim, Karine achara absurdo, e até mesmo estúpido, abrir mão de tudo na vida apenas para viver um romance. Ela estava certa de que nunca cairia em um erro destes. Afinal, homem (e, também, mulher) era o que não faltava no mundo (ou "nos mundos") e ela jamais abriria mão da vida que tinha (ou de qualquer coisa nela) por qualquer um que fosse. Porém, ela preferiu guardar sua opinião para si própria, possivelmente buscando evitar qualquer novo mal-entendido a bordo, ou, simplesmente, por sentir algum tipo de "pena" daquela garota, que se impedia de "ter uma vida" por seguir se iludindo com a historinha de "príncipe encantado". Ainda assim, no fundo, ao ver as constantes demonstrações de afeto entre os dois, o que ela realmente parecia ter era uma mescla de inveja, raiva e descrença; como se o fato daquele tipo de amor cego, incondicional e irrestrito não ser real na sua vida, o tornasse impossível de o ser na de qualquer outro. De fato, subconscientemente, ela quase desejava que aquela história dos dois terminasse mal, apenas para sentir que estava "certa".

Alguns dias após a tentativa de fazer amizade de Zara ter começado a esfriar, Karine seria pega por Marcus observando o espaço em uma das pontes de observação da nave.

- Procurando por algo? - o rapaz pergunta, com um tom de riso, porém, de forma educada e amigável.

- Estava pensando – Karine responde. - Indo para Júpiter, teremos que atravessar o cinturão de asteroides, não é?

- Ah, bem, sim – Marcus responde, com certa estranheza, a indagação da jovem. - Na verdade, quase toda a área entre as órbitas de Marte e Júpiter está constituída pelo "Cinturão de Asteroides". Ainda que exista uma "área central" na qual eles sejam mais abundantes... Se não me engano... – ele consultou um relatório numa tela que carregava. - Sim, sim, um mês de viagem, já estamos nesta parte...

- Estamos voando por um campo de asteroides?! - Karine demonstrou surpresa enquanto olhava, pela larga janela, para o espaço vazio, apenas com as distantes estrelas cintilando estáticas ao fundo.

- Você nunca viajou para Júpiter antes né? - percebendo no olhar que a resposta da garota seria afirmativa, ele se pôs a explicar: - Você deve estar acostumado com modelos do Sistema Solar que mostram o Cinturão de Asteroides como uma anel de pedras separando as órbitas dos planetas não é... Bem, não é assim, é uma área extremamente ampla, com quase o dobro da área da órbita da Terra, onde vagam mais de meio milhão de pedaços de rocha. Porém, todos estes pedaços juntos não somariam nem 1% da massa da Terra e mais da metade de toda esta massa está contida apenas nos quatro ou cinco maiores... Para dificultar ainda mais, a maioria dos asteroides está mais distante uns dos outros do que estão da própria Terra. Continue olhando, talvez, com muita sorte, você consiga ver algum, mas eu não teria muita esperança...

CAPÍTULO 39

Em uma bela sala de espera de um prédio governamental em Camberra, um rapaz com ares de oficial de alguma força militar, aguardava para poder falar com o ministro a quem pertencia aquele escritório tão belamente ornamentado. Este ministro, Bolfry Vränz Mwanbass, homem alto e corpulento, de cabelos loiros e bem penteados, olhos castanhos e uma barba rala, porém bem aprumada, vinha pelo corredor que interligava o seu escritório à sala de espera. Não estava trajando um terno, nem gravata, e usava a gola da camisa desabotoada (possivelmente devido ao calor que fazia naquele dia). Ele vinha conversando com uma de suas assessoras, a qual era uma bela jovem, loira, magra e alta, trajando (também influenciada pelo calor, aparentemente) uma minissaia e uma blusinha leve, e estava maquiada de uma forma que seria mais indicada para sair com os amigos do que para trabalhar em um escritório político.

- Sei que devemos escolher as opções para capital da União para o próximo ano, mas que alternativas são estas? Dakha, Ulam-Bator... Não entendo o porquê desta obsessão com capitais asiáticas nos últimos anos... Qual o problema em propormos uma cidade que presta, como Londres ou Copenhague, de vez em quando?

- Pesquisas indicam que se o senhor arquiduque propor capitais como Monrovia ou Bangui seria muito bem visto pela opinião pública... - a assessora tentava argumentar, mas sem demonstrar convicção em suas palavras.

- E onde diabos ficam estas merdas de cidades?! Não vou propor para capital da União fins de mundo que eu sequer faço ideia de onde ficam! - o arquiduque esbravejava, porém ao perceber o oficial que o aguardava, ele se controlou, despediu a assessora com um "depois conversamos sobre isso... no jantar.", e se dirigiu para o rapaz, estendo a mão para cumprimentá-lo.

Com um aperto de mão vigoroso, o ministro tentou passar alguma ideia de amizade íntima para com o visitante, embora isto não passasse de formalidade. Ele não fazia a menor ideia de quem seria aquela figura ou do motivo daquela visita. Porém reconhecia, pela postura e vestes, se tratar de um oficial, alguém com alguma importância, e sabia que sua carreira política dependia, principalmente, de manter bons relacionamentos com este tipo de gente. Também lhe preocupava a visita de oficiais, temendo que algum outro escândalo de sua vida tivesse vindo a público

- Arquiduque Mwanbass, me chamo Gusion Mazzilli, e sou tenente do terceiro... - o rapaz começara a se apresentar formalmente, porém, foi interrompido pelo ministro, assim que este ouvira a patente não muito elevada.

- Sei, sei, creio que o tenente não gastou seu tempo vindo até aqui para se apresentar, vamos pular a formalidade e ir direto para o assunto, sim? Para a minha sala? - ele fez o convite estendendo a mão na direção do corredor pelo qual acabara de vir.

Uma vez assentados no interior do escritório, Mazzilli se pôs a explicar o motivo de sua visita:

- O senhor deve estar informado do caso de sequestro de uma duquesa, que estava a trabalho do IICE, por um grupo de rebelados em Marte, não está? - recebendo uma resposta afirmativa, continuou. - Bem, eu sou um dos responsáveis por levar a investigação. Após um mês de investigações, chegamos a conclusão inequívoca de que os sequestradores, com a refém, deixaram o planeta. Sabemos que eles não viriam para a Terra, seria se arriscar demais, ainda mais depois das últimas atualizações do sistema de monitoramento espacial. Assim, começamos a ponderar para onde poderiam estar se deslocando, e chegou até nosso conhecimento que uma certa colônia em Europa, nestes últimos anos, tem tido muitos problemas de insubordinação com o governo da União. Segundo me informaram, ninguém na Terra sabe melhor o que acontece naquela lua de Júpiter que o senhor arquiduque, por isto vim aqui, coletar informações.

- Yosef Long... - o arquiduque concluiu com um suspiro. Ao notar o silêncio e o olhar indagante de seu visitante, ele se pôs a explicar: - É o governador da colônia em questão... Não pode ser outra. Desde que foi eleito ele tem se mostrado bem insubmisso, questionando, e até contrariando, as ordens que nosso gabinete tem passado as colônias... O pior é que ele usa de artimanhas populistas para manipular a população e conseguir o apoio dela, o que torna bem difícil lidarmos com ele.

- Entendo. Então o senhor já deve ter compreendido nossa teoria, não?

- Sim. De fato, se eu tivesse cometido um crime e estivesse fugindo de alguma autoridade, um local onde a autoridade governamental parece enfraquecida se tornaria muito atrativo para se tornar meu esconderijo...

A conversa seguiu por mais quase uma hora, onde os dois combinavam as ações em conjunto da equipe de investigação, a qual pertencia Mazzilli, com o gabinete de Mwanbass, além de quais canais usariam para trocar informações pertinentes ao caso. Também combinando de tomarem cuidado para não deixarem informações "vazarem" para a mídia.

Com todos os detalhes da cooperação acertados, os dois homens se despediram cordialmente. O tenente deixou o escritório, e assim que a porta se fechou, o arquiduque deu um comando em seu aparelho portátil que a trancou. Mais alguns comandos e o aparelho estava sincronizado com sua mesa projetora, iniciando um aplicativo de mensagens.

- Chu-Wong, temos uma ligeira mudança nos planos - o arquiduque ditou, enquanto o aplicativo convertia sua fala em frases escritas. - A viagem de Long deve ser adiada.

Mwanbass passou a tamborilar os dedos da mão direita em um canto não sensível da mesa, enquanto aguardava o envio da mensagem e a notificação desta ser recebida. Considerando que a mensagem estava sendo enviada para uma das luas de Júpiter, a quase 1 bilhão de quilômetros de distância, um *delay* de vários minutos era admissível (incluso era por este motivo que se optava pela comunicação em mensagens de texto, pois o *lagging* de uma tentativa de comunicação em tempo real, como uma vídeo-chamada, a tornava simplesmente impraticável). Após uns tantos minutos, o arquiduque acabou precisando ir ao banheiro e resolver outros interesses. De fato, a resposta apenas lhe chegaria quase quarenta minutos depois:

"Sim, senhor... Mas, o senhor não está cancelando o combinado, está?"

Mwanbass prontamente ditou a resposta, que fora convertida em texto e enviada:

- Não se preocupe, tudo ocorrerá conforme o planejado. Assim que nos livrarmos de Long, você assumirá o governo da colônia e a empresa de seu irmão ficará responsável pela manutenção das linhas magnéticas de todas as colônias de seu hemisfério. Porém, nos surgiu a oportunidade de fazer isto ocorrer de forma bem mais simples. Um grupo de criminais está fugindo de Marte, e, tudo indica, indo para sua colônia. Você deve se assegurar de que eles desembarquem. E incluso que se sintam suficientemente seguros, para se tornarem descuidados. Assim, eles poderão ser capturados na colônia, e poderemos acusar Long de lhes acobertar. Acusando-o de cumplicidade nos crimes deste grupo, poderemos nos livrar dele de forma bem mais fácil, e econômica, do que o plano original de descarrilhar um trem.

"Criminais?! Eles são perigosos?" - Chu-Wong questiona após um outro *delay* de uns quarenta minutos.

- Duvido muito que sejam. Acredite, não é com isso que você deve se preocupar. - Mwanbass responde, um pouco irritado, tanto com a insolência de seu sócio, quanto com a longa espera em cada mensagem, devido ao atraso da transmissão.

Novamente, se esperou o atraso entre transmissão e recepção, e Chu-Wong respondeu:

"E para quando devo esperar os nossos convidados?"

- Segundo me informaram, deve fazer em torno de um mês que eles deixaram Marte, o que quer dizer... (e a troca de mensagens se prolongou por todo aquele dia)

Enquanto isso, em Marte:

Em seu escritório, Mallus-Bernard, recebe uma ligação. A tela do comunicador se abre, mostrando o rosto de Mazzilli.

- Tudo certo, chefe. Assim como o senhor antecipou, o ministro Mwanbass se mostrou muito interessado em colaborar conosco (havendo uma leve dessincronização entre a imagem e o som recebidos pelo comunicador, novamente um caso de *lagging* devido a distância entre os interlocutores da conversa).

- Sim, isto é excelente. Agora só precisamos garantir que os interesses pessoais do arquiduque não interfiram com os nossos. Buscarei quais contatos tenho em Europa que me devem favores; enquanto a você, esteja atento e me mantenha informado. Até uma próxima.

Após se despedir de seu colaborador na Terra, Ferdinan se voltou novamente aos documentos que revisava na superfície de sua mesa, sendo interrompido, pouco depois, por seu jovem assistente que adentrou a sala, lhe informando:

- Zenhor Bernard, a cozinha manda pregruntar se dezejas algo espezífico para o xantar.

- Diga a cozinheira que, esta noite, desejo algo especial, exótico. Deixo a cargo dela escolher. Que ela me faça uma surpresa, mas, que seja algo que eu não tenha comido nos últimos meses.

- Zí, zenhor, eu falar prela.

Após o jovem sair e fechar a porta, o velho murmurou consigo mesmo:

- Ah, não vejo a hora de não precisar mais cumprir com todos estes projetos sociais e me ver livre destes estagiários... Principalmente este, o maldito sotaque dele me dá nos nervos. Foda-se de onde ele vem, por que não pode aprender a falar como qualquer pessoa normal!

CAPÍTULO 40

- Ah, sempre que um simpatizante dos Separatistas quer criticar a União pela Guerra é a mesma coisa: "O Expurgo de Moscou"! - Karine comentava, com certo ar de crítica na voz, entre os demais ocupantes da nave, sendo que todos se encontravam assentados as mesas do refeitório, compartilhando uma refeição. Finado o segundo mês de viagem, ela já se sentia à vontade o bastante para participar de discussões com seus companheiros de viagem e expor claramente seus pensamentos e opiniões (mesmo os que ela sabia que não seriam compartilhados por mais ninguém ali) sem qualquer receio de que algum mal poderia ser feito contra ela. Além do que, seus companheiros de viagem também pareciam "se divertir" ao vê-la expondo seu modo de pensar, e seu esforço (inútil em todas as vezes) por tentar convencê-los a concordar que suas opiniões eram as corretas. - Por que não falamos das cidades da União massivamente bombardeadas? Ou da Crise dos Misseis Siberianos?

- Se eu fosse você, não falaria dos Mísseis Siberianos com ela. - Marcus respondeu, indicando-lhe Ivana, e, ao receber um olhar de "por que?", explicou: - O pai dela trabalhou nestes mísseis, era engenheiro de motores a propulsão das Forças Armadas Russas e, pouco antes do fim da Guerra, recebera a patente de major das Tropas Estratégicas de Mísseis. É claro que isto foi antes mesmo de qualquer um dos dois terem nascido...

- O pai de vocês era um major e acabou como exilado em Marte? Os altos oficiais Separatistas não foram todos a julgamento por crimes de guerra, e terminaram presos ou executados? Pelo que sei, apenas oficiais de patentes menores, soldados e civis considerados "simpatizantes do movimento separatista" foram exilados. - Karine comentou ceticamente.

- A maioria foi – Ivana respondeu. - Mas os que se mostravam com "talentos" aproveitáveis foram poupados, recebendo a oferta de trabalharem para o governo da União. Se não me engano, é assim em todas as guerras: o vencedor seleciona os mais talentosos das forças inimigas derrotadas para fortalecer suas próprias forças, para assim se prepararem para a próxima guerra. Meu pai foi um dos que recebeu tal oferta, mas recusou, por isso foi condenado ao exílio. Ao que parece, o governo esperava que alguns anos nas privações e sofrimentos do exílio o fariam mudar de ideia... Felizmente, ou, para eles, infelizmente, não funcionou...

- Mas, por que ele não aceitou? Ele poderia ter dito uma ótima vida, um bom cargo, com ótimo salário, trabalhando para o governo mundial.

- Acho que por orgulho, ou desejo de vingança. Nosso pai não era russo, estava ali a estudos. Ele se formou em Engenharia Militar e se especializou em motores a propulsão, a ideia dele era se profissionalizar e depois voltar ao país de origem... Mas a Guerra começou pouco após ele terminar a especialização, e o seu país natal foi um dos primeiros a ser invadido e dizimado pelas forças da União, então ele acabou fazendo a vida onde estava, entrou para as forças armadas e deu tudo de si para vingar sua antiga pátria... Acho que por isso jamais aceitaria se aliar aos que mataram sua família e demais conterrâneos. Isto também deve ter pesado para ele apoiar a ideia de responder o Expurgo com os Mísseis Siberianos.

- Então seu pai foi, no mínimo, cúmplice na morte de quase dez milhões de pessoas diretamente e sabe-se lá quantas outras devido a contaminação radioativa de milhares de quilômetros quadrados... Isto apenas considerando este último ataque, sem contar todos os mortos durante a Guerra... Além do que, talvez seu pai não fosse um prodígio tão grande, afinal muitos dos mísseis não atingiram os alvos.

- Quatorze mísseis foram lançados, dois falharam e caíram no mar, três foram interceptados por medidas defensivas e um último explodiu enquanto era lançado, destruindo parte da base e impedindo que outros mais fossem lançados. Os oito mísseis restantes atingiram a costa oeste americana, teriam sido bem menos se não fosse o talento de meu pai. E ele não foi cúmplice de nenhum crime, ele apenas respondeu a uma mesma dezena de milhões que foram mortos com uma única explosão em Moscou, e vingou outros tantos milhões de mortos em seu país natal. - Ivana respondeu, demonstrando, visivelmente, estar emocionada, como sempre ocorria quando falava do pai, o único assunto que lhe fazia perder o jeito cínico e desleixado de falar.

- Isso é um pouco de exagero e vitimismo – Karine se pôs a explicar, tomando a tradicional atitude de quem sabe, ou acha que sabe, mais que os demais. - No final da Guerra, Moscou era uma cidade praticamente evacuada, segundo as fontes oficiais, nela, não restavam nem dois milhões de seus habitantes, e, inclusive, fora isto que pesou na escolha dela para o ataque final da União. O governo chinês havia usado refugiados de guerra para fazer um escudo humano de quase cem milhões de pessoas, o que tornou um ataque massivo contra Pequim impraticável, enquanto que localizar o esconderijo do tal "califa Mohammad Mahdi" se mostrava tão difícil que até hoje o ainda estão buscando. Assim, escolheram dos males, o menor...

- Os homens que destruíram completamente toda uma cidade afirmam que havia "pouca" gente nela, quais as chances disto ser realmente verdade? - Marcus ponderou, agindo como que se acreditasse que os demais não o pudessem ouvir.

- Você quer dizer as chances de ser realmente verdade, ou de ser aceito como verdade? - Klás o completou, como se a conversa entre os dois fosse algo totalmente distinto da discussão entre as garotas. - Neste caso tem que levar em conta também o quanto a pessoa que ouvir estes argumentos está disposta a acreditar neles, não é? - e todos acabaram rindo, alguns com mais ou menos descrição, menos Karine, que demonstrava, claramente, uma certa frustração em não entender qual a graça daquela afirmação.

- Ah, pensem o que quiserem, pelo menos eu posso afirmar que meu pai, assim como o restante de minha família, não está envolvido em nenhum crime de guerra. - Karine comentou, mantendo intacto o seu ar de superioridade.

- Tem certeza? - Marcus questionou.

- Claro que sim. Minha família foi, no máximo, vitimada pela guerra. Segundo meu pai me contou, foi em um bombardeiro dos Separatistas à cidade que a nossa família morava que ele perdeu dois irmãos, a esposa e o filho mais novo; e, se ele estivesse lá, provavelmente também teria morrido. Por sorte, naquele dia, depois do trabalho ele foi para a casa da minha futura mãe, que era em outra cidade.

- Engraçado, quer dizer que foi a infidelidade do seu pai que lhe salvou a vida... - Marcus comentou comicamente.

- Pois é, mas antes de querer julgar meus pais pelo seu senso de moralidade, saiba que a única culpada foi a esposa dele, afinal "não se cuidou, a concorrência ganhou".

CAPÍTULO 41

- Você não tinha dito que seu pai fora fornecedor da União durante a guerra, e, incluso, o seu título fora ele que ganhou, por ter "ajudado" na Guerra? - Zara comentou distraidamente, entre uma tragada e outra de seu "cigarro pós-refeição", estando sentada numa outra mesa, ao lado de Iuri, que ainda estava por terminar as últimas garfadas de sua ceia.

- Sim - Karine respondeu, explicando também aos demais, que estavam sentados na mesma mesa que ela. - Depois de perder metade da família em um ataque Separatista, ele aceitou a proposta que recebera de usar suas forjas para fabricar armas e munições para as forças da União.

- E as pessoas que as armas e munições fabricadas nessas forjas mataram, não eram elas também familiares, pais, mães, filhos, filhas, irmãos e irmãs de outras pessoas? - Marcus ponderou. - Isto não tornaria sua família cúmplice em todas estas mortes? Assim, sua família pode ter matado mais na guerra do que a de qualquer outro aqui... Isto sem pensar em quantas destas armas, após o fim da guerra, foram parar nas mãos de contrabandistas e no mercado negro, e, assim, terminaram com criminosos, que as usaram para praticar inumeráveis e inomináveis atrocidades... Quanto sangue você acha que isto põe nas mãos de sua família? Mas, como vocês estão do lado vencedor, e portanto, do lado dos "mocinhos" isto não pode ser contabilizado não é...

- É um absurdo querer responsabilizar minha família pelo uso das armas que produziram – Karine retrucou severamente. - Nossas forjas apenas as produziram, nunca apertamos um gatilho, nunca disparamos nada contra ninguém.

- Alfred Nobel nunca explodiu ninguém com a dinamite que inventou, ele sequer a fez com este propósito, mas se sentiu responsabilizado ao ver que outras pessoas estavam usando seu invento deste modo e...

- Eu conheço a história do prêmio Nobel, já assisti a entrega dele algumas vezes e, inclusive, conheço pessoalmente alguns laureados. Mas, são situações completamente distintas. Não se pode comparar a história de Nobel com a da minha família. Duvido muito de que ele se oporia ao uso bélico de seus inventos se seus irmãos tivessem sido mortos num ataque estrangeiro a... Ao país dele... ele era da Noruega, não era? A entrega do prêmio era em Oslo... então deve ser, não é?... - Karine acabaria se distraindo de seu "discurso" com a questão que lhe surgira, o que também lhe fez perder um pouco a eloquência, olhando para todos ao redor esperando que alguém lhe sanasse a dúvida. Porém, tudo o que ela recebeu foram expressões que lhe devolviam o questionamento, erguidas de ombro e o balançar negativo de cabeças (nada além do que se pode esperar ao questionar pessoas que cresceram em Marte sobre geografia da Terra).

- Acho que ele não era norueguês... - Klás chega a comentar. - Mas, não tenho certeza...

- Seja como for, se um ataque estrangeiro ao seu país justifica o envolvimento de sua família na guerra, qual a diferença entre seu pai e o pai de Ivana e Iuri? - Marcus pondera, retornando a discussão inicial sem disfarçar um certo tom de "te peguei" na voz. - Afinal, ele também se envolveu no conflito após o país dele ser atacado pelo governo da União, um governo que para ele era estrangeiro.

- Mas é diferente... - Karine insiste. - Meu pai não era militar...

- Só o que é diferente, é que ele estava do "lado certo", não é? - Marcus conclui. - Ou seja, o lado que venceu.

- Não, é que... - a jovem não aceitava a possibilidade de estar equivocada, afinal, ela sempre teve a palavra final e era sempre elogiada pelo alto grau intelectual que demonstrava em conversas com estudantes de nível universitário e, também, professores e profissionais acadêmicos de diversas áreas com os quais costumava conviver. Assim, era realmente inaceitável para ela permitir que qualquer um daqueles simplórios, que provavelmente nunca sequer teriam posto os pés em uma faculdade, fizesse parecer que era mais inteligente. Porém, ela realmente não conseguia mais encontrar argumentos, o que a fez buscar outra saída para a discussão até que pudesse perceber onde cometera o erro que deixasse o rapaz a sua frente parecer ser mais inteligente. - Melhor mudarmos de assunto, porque agora minha cabeça está distraída com essa questão sobre de onde era Nobel. É só conectar na rede e pesquisar, ninguém pode fazer isso?

- Não. - Ivana responde, cínica como sempre. - Todos os aparelhos da nave devem permanecer *off-line*, não sei se você se lembra, mas estamos fugindo. Se conectarmos na rede, poderemos ser rastreados.

- *Offline*?!

- Sim, o contrário de *on-line*. Significa que nenhum computador ou aparelho da nave se conecta a nenhuma rede de dados externa, não transmitindo nem recebendo dados.

- Não sabia que existia esta opção... Não estar conectado em nenhuma rede, parece... Isso é sério mesmo, ou estão zombando de mim?!

- Sim, é sério - Marcus finalizou a dúvida. - Se conectarmos em alguma rede o id dos computadores da nave são automaticamente informados para algum servidor de banco de dados, se estiverem nos procurando, podem nos identificar e rastrear. Assim temos que ficar desconectados. Aparelhos mais modernos não tem esta função, pois necessitam de um *streaming* de dados constante para funcionar, porém, para nossa sorte, os computadores desta nave são antigos o bastante para nos permitir viajar dessa forma "invisível".

- Realmente... isso parece tão... ultrapassado... como pode um computador funcionar sem... - um princípio de pânico tomara a duquesa. - Espera ai, se não estamos conectados a nenhum banco de dados, como a nave está navegando? Como sabemos para onde estamos indo? Sem uma orientação de um servidor de rotas vamos acabar perdidos no espaço, não vamos?!

- Não... - desta vez foi Iuri quem a respondeu, ainda que com uma voz lenta, como se estivesse sonolento. - O computador central da nave funciona como um banco de dados local, e tem instalado em si um calculador de órbitas celestes, ele nos deixará a uns seis mil quilômetros de Europa... A partir daí dá para navegar no manual mesmo...

- Nossa... banco de dados local, informações e softwares instalados no próprio computador... A última vez que ouvi sobre estas coisas eu estava assistindo a um documentário em um canal sobre História... Deste jeito, os computadores de vocês devem, sei lá, ainda ter discos... ah, é... não lembro como que chamavam... é... "discos duros", é assim né, que chamam?

- Sim, os computadores da nave possuem armazenamento físico. - Iuri confirma, ainda que não conseguindo entender se Karine estava admirada com as informações ou somente sendo sarcástica, embora, na realidade, ele estivesse em um estado de torpor no qual dificilmente entenderia qualquer coisa mesmo, sendo que suas respostas eram muito mais automáticas do que pensadas.

- Que arcaico... Vocês tem certeza que vamos conseguir chegar onde planejam?

CAPÍTULO 42

Após mais de três meses e meio de longa e, cada vez mais, monótona viagem, enquanto atravessava um dos conveses da nave, Karine acabou por se atentar para as janelas de um dos mirantes, percebendo que, na imensidão negra pontilhada de pequenas estrelas, quatro pontinhos brilhantes, tão próximos uns dos outros que, por vezes, chegavam a parecer um único ponto, começavam a se destacar dos demais. Comentando o fato com seus companheiros de viagem, Marcus lhe explicaria:

- Ah sim, deve ser Júpiter. Já estava mesmo pelo tempo de começar a ficar visível. Agora faltam só mais algumas semanas para chegarmos ao nosso destino.

A possibilidade de finalmente chegar ao destino da viagem acabaria por trazer algo de ânimo a jovem duquesa, o que a faria frequentar os mirantes da nave diariamente. Por vezes, ela passou horas buscando mudanças no panorama que via, ainda que tenha levado mais umas duas semanas de viagem até que um quinto pontinho brilhante se destacasse dos demais e se pudesse perceber os característicos tons alaranjados e avermelhados em meio a luz refletida pelo planeta e suas maiores luas. No dia seguinte, logo ao acordar e ir ao mirante, a garota teria uma admirável surpresa: o gigantesco planeta gasoso já se mostrava perfeitamente visível, acompanhado por alguns pontinhos ao seu redor, os quais, comparados a ele, pareciam insignificantes, e seriam suas maiores luas. Naquele horário matutino, Júpiter mostrava-se com cerca do tamanho da unha do polegar de Karine, porém, a medida que a nave se aproximaria, seu tamanho aumentaria de forma exponencial e, ao final daquele mesmo dia, já se mostrava do tamanho de seu punho fechado. Três das luas de Júpiter seriam deixadas para trás pela nave, embora, devido a distância, nenhuma delas se veria de forma diferente a um indistinto ponto (de fato, destas três luas, a que a nave chegou a se aproximar mais, esteve a, no máximo de sua aproximação, cerca de meio milhão de quilômetros). Em uma das passadas de Karine no mirante, ela se encontraria com Marcus, o qual também parecia ter ido observar a aproximação da nave ao planeta. Este, comentaria com ela:

- É realmente bonito não é? - recebendo a concordância da jovem, ele continuou: - É uma pena que a Grande Mancha Vermelha esteja na outra face do planeta e não possa ser vista... Mas ainda sim, é uma bela visão... Bem, amanhã mesmo já devemos desembarcar. - ele aparentava querer falar de outra coisa, porém, não conseguindo, se limitou a admirar a vista por mais alguns segundos antes de deixar o mirante, exclamando um indiferente "Aproveite a vista..."

O mal disfarçado incômodo de Marcus era motivado pelo fato de que ele e seus companheiros ainda não haviam decidido como lidar com aquela passageira acidental que tinham. Mesmo com a viagem durando mais de quatro meses, eles sempre adiaram a discussão de o que fazer com Karine ao chegarem em Europa. De forma que, ao deixar o mirante, ele buscaria se reunir com Klás e Ivana, com o propósito de chegarem a uma decisão (Iuri e Zara não participariam da conversa, pois foram deixados na cabine, acompanhando a aproximação ao destino, para o caso de ocorrer qualquer imprevisto; bem, ele estava ali realmente por isso, enquanto que ela, como de costume, estava ali porque ele estava).

Europa logo se destacou visivelmente diante da nave, mostrando sua grande e esbranquiçada face, cujos detalhes (como o intricado sistema de linhas, em variados tons, que iam de cinza-amarelados a róseos, e que lembravam as veias de um sistema sanguíneo) iam se revelavam a medida em que se aproximava. Para além de Europa, também se poderiam notar outras três luas (todas como simples pontinhos, distantes e indistintos), uma a sua esquerda e outras duas a direita, porém, a medida que chegavam mais perto, a lua eclipsaria a visão do próprio planeta Júpiter, assim como das demais luas que o co-orbitavam.

Uma última "noite" se prolongaria naquela nave, na qual praticamente todos a bordo tiveram dificuldades para chegar ao sono (com exceção, obviamente de Iuri e Zara, já que para eles não faria muita diferença chegarem ao destino, afinal, eles não sairiam da nave). Karine só conseguiu adormecer muito após se recolher a seu dormitório, o que também a levaria a acordar muito após o horário do desjejum (apesar que, sem o despertador de seu aparelho portátil, ela constantemente tinha dificuldades para acordar no horário correto mesmo). Naquela provável última manhã a bordo, ela despertou apenas ao colidir suavemente contra o teto de seu dormitório. Aquele acordar flutuando no ar a fez sentir um leve desespero, a forçando a se concentrar e esforçar consideravelmente na busca pela habilidade de se deslocar em gravidade nula, o que fora, por falta de uma expressão melhor, como aprender a nadar no ar (por sorte ela não corria o risco de se afogar, ainda que tenham ocorrido algumas tantas incomodas, frustrantes e dolorosas colisões com as paredes e alguns objetos que também flutuavam pela cabine). Após quase uma hora do que poderiam ser descritas como hilariantes "acrobacias" pelo dormitório, Karine finalmente começaria a dominar a habilidade de se deslocar flutuando e sairia da cabine para buscar alguém que lhe dissesse o motivo daquela situação (além de também buscar algo que comer, já que o esforço que fizera lhe aumentou a tradicional fome matinal). Avançando lentamente, porém com cada vez mais confiança, pelos corredores da nave, ela primeiramente foi ao banheiro (como quase todo mundo quando acorda), onde, o fato de ninguém nunca lhe ter explicado como fazer a *toilette* sem gravidade acabaria lhe trazendo alguns inconvenientes, porém nada que ela não tenha conseguido contornar, ainda que tenha, para isto, gasto bem mais tempo do que o habitual. Do banheiro ela seguiria para o refeitório. Ao se aproximar da porta, Zara cruzaria seu caminho, saindo do refeitório carregando uma garrafa na mão direita. A garota, que trajava uma camisa bem larga e flutuava com incrível destreza, demonstrando já estar muito habituada com aquela situação, pôs um olhar de surpresa sobre Karine, como o de alguém que é pego fazendo algo questionável, e lhe exclama:

- Hã... você ainda está aqui. Pensei que tinha ido com os outros... Eu e o Iuri desligamos a gravidade para... eh... ficarmos mais à vontade...

- Eu deveria ter ido com eles?

- Bem... acho que sim... ontem, eles passaram um bom tempo discutindo o que iam fazer com você agora que chegamos... Daí, quanto eles saíram, pensei que tinham te levado junto...

- Acho que não quiseram esperar que eu acordasse...

- É, deve ter sido isso mesmo... Se quiser, peço pro Iuri religar a gravidade... A gente pensou que estávamos sozinhos na nave...

- Não tudo bem... eu já estou me acostumando a flutuar – Karine comenta forçando uma expressão de bom humor. - Só o que estou precisando é comer alguma coisa.

- Ah tá. Então tá... Eu vou voltar pra junto do Iuri então... é... Até mais. Bom café da manhã. - Após a despedida, a outra garota saiu pelo corredor, demonstrando claramente sua grande maestria em viver livre da gravidade, enquanto que Karine adentrava ao refeitório para o seu desjejum.

CAPÍTULO 43

Algumas horas após deixar a nave principal, Marcus, Klás e Ivana, a bordo da suborbital pousam em um hangar de um distrito industrial que, por ser domingo, estava deserto. Tal lugar não fora escolhido ao acaso, Marcus haviam entrado em contato com um conhecido que morava naquela colônia, que, por uma feliz coincidência, seria o único funcionário que estaria em tal hangar naquele dia. Após desembarcarem, o trio seguiria até a porta de saída, rumo a via de acesso que os levaria a parte central da colônia. Porém, a sorte que tiveram para encontrar um lugar para pousar pareceu não lhes acompanhar por muito tempo, pois, assim que saíram do hangar, eles cruzaram o caminho de uma dupla de seguranças que patrulhavam a área. Um deles prontamente os encarou, gritando-lhes algo que soava como:

- Shéi shì ni!?

Klás, tomando a frente, com as mãos levemente levantadas para lhe chamar a atenção, tentou lhe responder:

- Women... yóu rén... hã... *cóng... guó niàn...* - após o que ele tentou disfarçar sua insegurança com o idioma em um sorriso. Porém, o homem que lhes abordara, lhe encarando de

forma estranha, respondeu, com uma voz que mesclava irritação e zombaria:

- *Nide huà méi you dàoli.*

Ivana perguntou a Klás o que aquele homem teria dito, porém este não conseguiu responder nada além de um "eu não consegui entender" (embora, com isso, sem querer e sem perceber, tinha quase acertado a tradução). Nisto, a parceira do segurança, uma mulher que deveria ter na média de uns trinta anos e, assim como seu parceiro, era magra e possuía o que poderiam ser considerados como "traços orientais" (diferenciando-se dele, principalmente, por ele usar o cabelo preso em um coque, enquanto que ela tinha a cabeça quase toda raspada, mantendo apenas uma faixa de cabelo curto do lado direito da cabeça), chamou a atenção para si, dizendo:

- Ele disse que o que você falou não faz sentido nenhum, e, realmente, o seu mandarim é horrível. Por favor, não tente continuar falando.
Klás, constrangido, pediu desculpas, enquanto escutava Ivana lhe declarar cinicamente: "É, ao que parece, sua apostila de 'Chinês em um mês' não é muito boa."

- Sou Selena Mun, responsável de segurança deste distrito. - a mulher lhes informou em tom formal e firme, mantendo o olhar fixo e indagante no trio.

- Somos turistas... - Klás tentou começar a explicar, mas foi rapidamente interrompido por ela:

- Turistas vem em voos comerciais, durante dias úteis, e desembarcam na base aeroespacial. Não em naves particulares que pousam às escondidas em um hangar de um distrito deserto.

- Somos vendedores de quinquilharias – Ivana tomou a palavra em meio aos dois rapazes que apenas balbuciavam tentativas de explicações, assumindo uma atitude que parecia dizer "sabemos que você sabe que estamos mentindo". - Viemos comprar mercadorias para revender, porém não queremos pagar os impostos, taxas e tal, por isso tentamos entrar na colônia escondidos. Isto está bem pra você.

- Comerciantes é... - Selena comenta, abrindo um sorriso que os três demonstraram saber exatamente do que se tratava. - E vocês ganham muitos créditos revendendo essas quinquilharias?

- Quanto você quer para não nos ter visto? - Marcus concluiu depois de um suspiro que mesclava alívio e frustração.

Uma vez que valores foram acertados entre eles, a dupla de seguranças permitiu que o trio continuasse seu caminho, ainda que o parceiro de Selena insistisse em soltar um *"cao bao"*, em um tom bem desagradável, no momento em que Klás passava por ele. Enquanto deixavam a dupla para trás, Ivana se voltaria para Selena, a questionando o que Klás lhes teria dito, ao que ela respondeu de forma claramente incômoda:

- O que ele disse foi realmente ininteligível... Mas acho que entendi algo sobre vocês "comemorarem o Ano Novo"... - Após ouvir tal explicação, Ivana, voltou para junto de seus companheiros, comentando ironicamente: "Hei, Klás, sabe que já estamos em fevereiro, não sabe?!"

Enquanto os três seguiram na via em direção ao centro da colônia, a dupla de seguranças adentrou o hangar de onde eles sairam, indo até o empregado que estava ali de vigilante (o mesmo que facilitara o pouso para o trio de fugitivos). Este, um homem de meia idade, também de traços levemente orientais, porém de nariz largo e cabelos encaracolados, ao vê-los, os saudou cordialmente, demonstrando já os conhecer, e foi ao encontro deles.

- É são realmente eles – Selena comenta com o funcionário. - Você cumpriu com sua parte no trato e nosso chefe vai transferir o valor combinado para sua conta assim que lhe informarmos, mas, antes, queremos mais um servicinho seu: triangule de onde esta suborbital desceu.

Indiferentes ao que ocorria no hangar, o trio seguiu em sua caminhada, a qual se mostrava bem longa, indo daquele distrito até o centro da colônia. Caminhada esta que se mostrou um tanto mais incomoda devido a sensação térmica bem fria daquele local (apesar do fato daquela colônia, como todas as demais, possuir um sistema de aquecimento e ser aterrada com uma camada de solo artificial por sobre a superfície de gelo natural de Europa).

- Então, vamos realmente mandá-la de volta? - Ivana puxou conversa enquanto caminhavam.

- Sim, é a melhor decisão que podemos tomar. - Marcus respondeu.

- E se forem atrás dela? Acham mesmo que ela não vai nos entregar? - ela insistiu.

- Você esteve com ela pelos últimos quatro meses, e, assim como nós, pôde perceber que ela não oferece perigo algum - Klás comentou. - É metida a esperta, mas não é nada boa em deduzir coisas... Se a questionarem, o máximo que poderia falar é que estamos em Europa. É uma lua inteira, com dezenas de colônias, e nós sabemos nos esconder, não é?

- É... - Ivana consentiu, um pouco a contragosto, enquanto continuavam a caminhar.

CAPÍTULO 44

Chegando ao centro da colônia, os três se misturaram a uma multidão no que parecia ser uma enorme feira livre de rua. Diversos mercadores, tanto ambulantes quanto em lojas e barracas espalhadas por ambas laterais daquelas vias, ofereciam os mais diversos produtos, tentando fazer suas vozes competirem com os sons de uma infinidade de altifalantes e telas que reproduziam propagandas continuamente, formando uma cena que não possuiria melhor descrição do que como um verdadeiro "caos comercial".

Klás e Ivana observavam diversas mercadorias em uma das barracas, a qual vendia deste nanoprocessadores até *gadgets* cosméticos, enquanto que Marcus negociava com alguém que parecia um vendedor ambulante de cartões de alguma loteria.

- Já temos onde ficar? - Ivana questionou do nada, como que apenas para cortar o silêncio e começar alguma conversa.

- Marcus disse que tem um conhecido que vai nos arrumar um jeito de entrar nas galerias de uma das usinas de eletrólise daqui... - Klás respondeu, não escondendo certa satisfação em conversar.

- Então de volta às fossas, não é? Vou sentir falta da nave.

- As fossas também não são tão ruins... Eu chego a achá-las quase aconchegantes. Você já morou em um apartamento popular padrão de alguma colônia? Comparado com eles, as galerias parecem até uma melhoria, elas, ao menos, tem um sistema de calefação que funciona. - Klás comentava, como se esforçando para não demonstrar nervosismo. - Mas, também vou sentir falta de estar na nave. Sabe, acho que entendo o que se passou com Iuri, viver fugindo é um pouco... tentador. Dá uma certa sensação de segurança, como se nada de ruim o pudesse alcançar. Como se estivéssemos completamente livres...

- Faltam 16 horas para o anoitecer. - um altifalante, próximo a eles, anunciou após emitir um sinal sonoro que parecia ter a função de chamar a atenção de todos ao redor, o que interrompeu momentaneamente o diálogo dos dois.

- Sei bem como é... - Ivana retomou a conversa após o anúncio, assumindo uma expressão pensativa. - Infelizmente esta sensação é falsa. Não importa o quanto se fuja, sempre se é alcançado. Além do que, enquanto se estiver fugindo de algo, nunca se pode ser verdadeiramente livre. Temos que enfrentar... -

sendo que a última frase seria pronunciada como não muito mais que um múrmuro.

- Pelo menos temos uma boa equipe, não é mesmo? Estar fugindo com vocês não é tão ruim - Klás falou, forçando um tom bem-humorado e um sorriso.
Ivana demonstrou concordar, porém antes que pudesse falar algo, Marcus retornaria para junto dos dois, chamando-lhes a atenção ao comentar:

- Pronto, já consegui a passagem dela. Amanhã mesmo a tal duquesa embarca de volta para a Terra e todos poderemos seguir com nossas vidas.

Antes que mais alguém pudesse comentar qualquer coisa, o aparelho de comunicação de Ivana emite um sinal sonoro (ou seja, estava recebendo uma chamada). Ela o apanhou do bolso do macacão que usava e o atendeu, demonstrando estranhesa ao perceber que era seu irmão que lhe chamava. Iuri lhe falou:

- Hã... oi, mana... os outros estão ai com você? É... vocês tem que voltar aqui pra nave...

- A gente já estava terminando aqui, só íamos comprar mantimentos e já voltar mesmo. Aconteceu alguma coisa? - Ivana questionava, não escondendo a preocupação.

- É, bem... Aconteceu algo sim... ah... eh... Acho que é melhor vocês voltarem... Deixem ai pra depois...

- Tudo bem, já vamos voltar. É algo sério?

- Parece que é sim... então... vocês já estão voltando, né?

- Sim, já estamos indo. Daqui a pouco chegamos ai, aguenta firme.

A preocupação de Ivana contagiou os dois rapazes rapidamente, o que fez com que retornassem prontamente ao distrito em que haviam pousado. Em um pouco menos de tempo do que precisaram para ir do distrito ao centro da colônia (reflexo da pressa motivada pela preocupação), eles já estavam decolando e atravessando a tênue atmosfera daquela lua, rumo ao espaço orbital.

CAPÍTULO 45

A viagem desde a superfície até o espaço levara pouco mais de 20 minutos (o que fora bem menos do que o tempo que levaram para ir do "mercado" no centro da colônia em que estavam até o hangar onde haviam pousado). Uma vez em órbita, o trio de tripulantes buscaram pelo sinal da nave principal, para se guiarem até ela.
- Estranho... - Marcus comentou, não disfarçando certo humor na voz. - O transpônder da nave já está ligado. Agora estou preocupado mesmo, para nem precisarmos lembrar o Iuri de ter que ligá-lo...

- Não faz piada com isso. - Ivana o censurou severamente. - Estou preocupada com ele ter nos chamado de volta tão rápido. Se fosse algo sem importância, ele mesmo resolveria...
A nave que haviam deixado algumas horas antes continuaria orbitando Europa a uma velocidade de alguns milhares de quilômetros por hora (o que era necessário para impedir que a gravidade a puxasse contra a superfície e a fizesse cair), de forma que os três tiveram que voar por quase uma hora até se aproximarem do local onde ela agora se encontrava. Quando a nave já aumentava visualmente de volume diante das janelas da suborbital, Marcus tentou contatá-la pelo sistema de comunicação, havendo a indicação de que sua mensagem fora enviada e recebida, porém sem nenhuma resposta. Ainda

assim, as comportas do hangar da nave se abriram com a maior aproximação deles, como costumeiramente ocorria. Porém, o silêncio no comunicador fez com que a preocupação crescesse entre os que regressavam. A suborbital adentrou lenta e cuidadosamente o hangar inferior, o pouso fora simples e sem dificuldade, porém, após tocarem o chão e desligarem os motores, enquanto se preparavam para desembarcar, algo lhes chamou a atenção: não houve nenhum acionamento do tubo de desembarque que usualmente utilizavam ao regressar a nave. Algo ainda mais estranho lhes chamou a atenção no painel da suborbital: um sensor começou a piscar, indicando que, naquele hangar, estava sendo injetada atmosfera. Após poucos minutos, o mesmo sensor alterou sua indicação, informando que o hangar estava com atmosfera respirável e que o desembarque estava liberado. Os três seguiram para a comporta sob um perturbador silêncio, violado apenas por um cometário de "isto é muito estranho...", solto por Ivana. Ao desembarcarem, algo ainda mais preocupante os tomou.

- A gravidade da nave... - comentou Marcus, chamando a atenção dos demais assim que saiu e não sentiu nenhuma sensação de desequilíbrio ao firmar os pés no chão. - Está ligada... e normal.

Qualquer resquício de humor ou cinismo desapareceu imediatamente dos três, e a reação automática foi a de correr na direção da comporta que dava acesso aos corredores da nave. Porém, ao se aproximarem dela, uma nova surpresa os deixaria sem reação. Um par de soldados, empunhando rifles e com uma atitude hostil, lhes interceptou o caminho, dando-lhes ordens para que ficassem parados e se rendessem. Um terceiro homem veio ao encontro deles, após um dos soldados informar que a situação estava sob controle e que nenhum dos três parecia estar armado. Este terceiro era um homem de estatura mediana, relativamente magro, com um rosto comprido, testa larga e alta, nariz aquilino e pele bronzeada, usava os cabelos e a barba bem feitos e trajava uma farda de oficial, na qual podia se ver platinas com a insígnia de três estrelas douradas sobre cada ombro e o sobrenome Rademaker identificado em sua lapela direita. Ele se mostrava com uma atitude bem altiva, em um claro esforço para ser identificado como líder.

- Que bom que vocês já chegaram – comentou o *kaptein*, como havia sido tratado por um dos soldados, Rademaker. - Os estávamos esperando.

Os três recém-chegados foram conduzidos, em silêncio, pelo tal Rademaker através dos corredores da nave, com um dos soldados os escoltando à esquerda e outro os seguindo um pouco atrás, até chegarem ao refeitório. Ali, se encontravam outros soldados, os quais vigiavam Karine, Iuri e Zara. A duquesa estava sentada em uma das mesas, demonstrando um misto de impaciência e preocupação, mas sem abrir mão completamente de sua aparência de superioridade, enquanto que o jovem casal, em outra mesa, não aparentavam estarem nada bem. A garota estava debruçada sobre a mesa, aparentemente desorientada e enfraquecida, com uma poça do que parecia ser vômito se espalhando nas suas proximidades (e chegando já a escorrer para o chão); enquanto Iuri, ao seu lado, parecia tentar reanimá-la, embora ele próprio dava sinais claros de estar igualmente zonzo e enfraquecido.

Ao se deparar com o irmão em tal estado, Ivana se adiantou para ir em seu socorro, chamando-lhe. Porém, um dos soldados que os acompanhavam, percebendo que ela ameaçava se separar do grupo, a agarrou por um dos braços e a empurrou para junto dos demais, de forma que ela teria caído ao chão, se não tivesse sido segurada por Klás, contra quem ela havia sido lançada. O pequeno alvoroço atraiu a atenção de Rademaker, que, parando sua caminhada e se voltando para os três, os censurou desdenhosamente:

- Mas que coisa desnecessária. Eu gostaria de pedir que vocês se colocassem em seus devidos lugares e passassem a colaborar mais, para evitarmos que se repitam situações desconfortáveis como esta. Agora entrem, e tomem assento em alguma das mesas - Os três obedeceram ao "pedido" e se dirigiam para a mesma mesa onde estavam Iuri e Zara, porém, ao perceber tal direção, o capitão lhes chamou a atenção: - Esta daí não. Desejo conversar com vocês, e não o quero fazer perto destes moribundos.

A visível contragosto, os três desviaram o caminho que seguiam e foram até outra mesa, onde tomaram assento. Os três se assentaram do mesmo lado na mesa e mantiveram o olhar fixo em Iuri, que permanecia abraçado a Zara, embora parecesse cada vez mais enfraquecido. Ivana mostrava-se visivelmente perturbada com aquela cena e a previsão de término que tinha de tal situação.

- Os dois passaram tempo demais em gravidade zero, precisam... - ela tentou iniciar um apelo, sua voz mostrando clara e sincera preocupação, beirando ao desespero, um tom que nenhum dos companheiros jamais haviam visto naquela garota.

- Sim, eu sei o que está acontecendo com eles. - Rademaker a interrompeu com total indiferença e desprezo. - Não é a primeira vez que presencio alguém com "mal do espaço" morrer sufocado pelo próprio peso... - enquanto o capitão ainda falava, Zara iniciaria uma crise de tose, que logo seria tomada por golfadas repletas de sangue, diante do que Iuri a tentou envolver com os braços, enquanto balbuciava um "aguenta firme, amor". - Ainda assim, isso não deixa de me enojar.

- E você não vai fazer nada?! - Ivana insistiu.

O oficial respondeu um simples "não" em um tom de frieza e indiferença imensurável, o qual levou Ivana, em um acesso de raiva, a se levantar bruscamente e se arremeter em um ataque contra ele, gritando-lhe *"svolatchi"*, porém, um dos soldados lhe interceptou, atingindo-a em cheio com uma coronhada no rosto, que a jogou ao chão. Ao vê-la caída, Klás se levantou, intencionando ir em seu auxílio, porém, Rademaker lhe chamou a atenção, ordenando-lhe:

- Nada disso, você fique no seu lugar, para que não tenhamos mais nenhuma cena de violência desnecessária. Além do que, qualquer um pode ver claramente que esta ai não é nem de longe uma donzela que precise do socorro de algum cavaleiro.

Klás hesitou um pouco, alternando o olhar entre o capitão e a companheira caída, mas, ao perceber o soldado mais próximo, o mesmo que derrubara a garota, engatilhar e mirar-lhe a arma, acabou cedendo e obedeceu, voltando a se sentar, ainda que continuasse a acompanhar Ivana com o olhar que mesclava preocupação e indignação. Com certo esforço e visivelmente transtornada, ela se levantou e retomou o assento que antes ocupara, tendo nos olhos a mais visível e inquestionável expressão de ira. Diante da cena, Karine, desde seu acento, se pronunciou em censura ao oficial:

- Você não pode agir assim, é violência arbitrária e negação de socorro...

- Ora, não desperdice nosso tempo com algum de seus discursinhos decorados e frases de efeito, jovem duquesa. Não se deixe enganar, todos aqui já estão mortos. O casalzinho ali apenas nos economizará dois projéteis. Na verdade já estariam mortos, porém, não sabíamos quanto tempo os demais levariam para se juntar a nós, e como as armas registram o momento em que são disparadas... Seria trabalhoso explicar a qualquer comissão investigadora o porquê de dois disparos ocorrerem muito antes dos demais...

- Se você pensa que poderá se safar do que está fazendo, está enganado, eu... - a duquesa tetou insistir, sendo novamente interrompida bruscamente por Redemaker, que a encarava friamente:

- Ah, diga-me, duquesa, porque a senhorita acha que não está incluída no "todos aqui já estão mortos"?

CAPÍTULO 46

- A história já está toda montada – contava o capitão Rademaker, com seu característico tom de superioridade e indiferença. - Eu e meus homens localizamos a nave dos rebeldes sequestradores e a abordamos. Encontramos resistência armada e tivemos que revidar. Algo facilmente justificável – ele afirmou indicando para um dos soldados que mantinha a seu lado uma caixa com as armas encontradas em uma busca na nave. - Infelizmente, estes bandidos covardes haviam matado a jovem duquesa que mantinham como refém, quando perceberam que ela não lhes seria útil para seus planos. Imaginem a enorme comoção pública que esta história vai gerar em todos na Terra, e quantos gabinetes, com isto, nos prestarão total apoio.

- Se é assim, por que ainda estamos vivos? Só para ouvir todo esse seu falatório estúpido? - Ivana, com o rosto já começando a inchar por causa do severo golpe que sofrera, o censurou asperamente.

- Ivana Pong-Ju, é você mesmo não é? Você tem exatamente a mesma atitude do seu pai. - ao perceber a reação de animosidade que tal afirmação despertou na garota, o capitão continuou: - Sim, eu o conheci. As melhorias feitas nesta nave, foi você quem as fez, não foi? Meus engenheiros ficaram impressionados, ela é o quê?

Um cruzador da segunda ou terceira geração, não é? E você a tornou algo realmente decente. Seu pai ficaria orgulhoso... se ainda estivesse vivo... - Diante da afirmação claramente provocativa, Ivana cerrou os punhos e encarou o capitão de forma a deixar claro seu desejo de atacá-lo, ao que ele, percebendo, lhe encarou de volta, comentando friamente: - Você não vai tentar isso de novo, não é?

Antes que a garota pudesse responder qualquer coisa, a atenção de todos seria atraída para uma severa crise de tosse que tomara Iuri. Ao se atentarem a mesa em que o jovem estava, presenciariam a triste cena dele, em meio a lágrimas e tossidas, chamando e sacudindo debilmente sua companheira: "Zara... Zara... Vamos, amor... Não... Zara!...", mas a garota ao seu lado já havia falecido, permanecendo inerte, tombada sobre a mesa, imunda pelo próprio sangue e vômito. As tentativas vãs de reanimá-la não tiveram nenhum resultado, a não ser derrubá-la de seu assento, o que levou Iuri também ao chão. Ali, com ambos caídos no assoalho, ele, de forma lamuriante, insistiu, inutilmente, em chamar sua amada de volta a vida, antes de ser tomado por uma última, e ainda mais severa, crise de tosse, que culminaria em uma golfada de sangue, que se expeliria tanto por sua boca, quanto pelo nariz, e um sofrido gemido de dor, com o qual também expirou.

- Já é o segundo membro de sua família que vejo morrer - Rademaker voltou-se para Ivana cinicamente. - Posso lhe dar uma chance de não ser a terceira, ou, pelo menos, de não o ser hoje.

- Vá se foder, seu desgraçado! - a garota respondeu bruscamente, o que fez com que o soldado próximo a ela lhe ameaçasse acertar uma segunda coronhada, porém ele foi impedido por um gesto de Rademaker, que se voltou para ela, respondendo ironicamente:

- Disto, seu pai não teria orgulho. Creio que ele não gostaria de ver a garotinha dele transformada numa sapata boca-suja, seu povo não gostava muito deste tipo de gente não é mesmo? - e ele riu desdenhosamente, antes de se voltar aos outros dois que estavam sentados na mesma mesa que ela e continuar seu monologo: - Na verdade, posso oferecer a qualquer um de vocês um trato. Se tiverem qualquer informação sobre os demais revoltosos em Marte que possa nos ser útil, tenho certeza que nosso amigo em comum, o senhor Mallus-Bernard, estará disposto a trocá-la por sua vida, e, talvez, se algum de vocês nos for realmente útil, poderia até mesmo lhes garantir uma nova vida, bem melhor do que a que vocês tem levado até agora. Algum de vocês sabe de algo e quer permanecer vivo?

- Mallus-Bernard? Então é ele que está lhe mandando me matar? - Karine interrompe desde sua mesa. - Não acredito que aquele velho possa ser tão mesquinho deste jeito. Está querendo que eu morra só por ter oferecido parte de suas terras a...

- Desculpe-me, duquesa, mas eu não faço ideia de sobre o quê você está falando - Rademaker se voltou para ela, percebendo-se agora um tom de desprezo em sua voz. - Sei que em seu mundinho, você está acostumada a ser sempre o centro de tudo, mas sua morte me foi encomendada sem absolutamente nenhum motivo pessoal. Apenas por conveniência de causa. - Ele passou a caminhar até ela, assumindo na voz um tom complacente. - Oh, odeio que alguém seja morto sem nem mesmo saber o motivo... Olhe, vou lhe explicar. Já faz muito tempo que Mallus-Bernard e outros administradores coloniais em Marte estão buscando uma forma de se livrar de todos esses exilados inúteis, que sugam uma parcela bem significativa dos lucros de suas colônias. Porém, não conseguem suficiente apoio junto ao governo para que sejam autorizadas "medidas drásticas" contra eles... Nem mesmo a revolta liderada por este fracassado – ele falou apontando com a mão para Klás – foi suficiente para convencer os ministros de que eles precisam ser "controlados". Na verdade, pelo contrário, fez com que surgissem movimentos exigindo que as administrações coloniais lhes garantissem melhores condições de vida, ou seja, que se gaste ainda mais com eles! Mas, o assassinado de uma duquesa, ainda mais uma que teria aderido a causa de lutar pelos direitos deles, com certeza causaria indignação suficiente para trazer diversos ministérios e secretarias para o nosso lado. Então, livres dos indesejados, criaremos um novo mundo, onde os grandes não serão mais atrasados pelos pequenos e nosso avanço já não será traído e limitado pelos fracos e nem por nenhuma suposta moralidade... Mas, quer saber algo que me veio a mente neste instante? Acho que conseguiríamos ainda mais apoio, principalmente das secretarias lideradas por mulheres, se, além de morta, a senhorita duquesa também tivesse sido estuprada por estes criminosos... não acha?

Uma expressão de medo tomou o rosto da duquesa, enquanto que o soldado que vigiava Ivana, Klás e Marcus, ao ouvir o comentário, abriu um sorriso malicioso e soltou algumas risadinhas, desviando momentaneamente sua atenção para Rademaker e Karine. Ele se distraíra, Ivana, que estava sentada mais próxima dele do que os demais, percebeu o erro do soldado e, impulsivamente, decidiu aproveitar a chance que lhe surgira.

CAPÍTULO 47

Aproveitando que o soldado que os vigiava havia se distraído, olhando para o seu superior e a sua possível vítima (demonstrando compartilhar as intenções do que não se podia saber ao certo se fora um gracejo, uma ameaça ou a revelação de uma sinistra maquinação da mente do capitão Rademaker), Ivana se lançou contra ele. Rapidamente, ela agarrou a arma que ele empunhava e a forçou contra o corpo dele. Pego de surpresa, o soldado não conseguiu resistir ao impulso com o qual ela se arremetera contra ele, nem evitar que o cano da arma fosse posto por debaixo de seu queixo e que sua mão fosse forçada contra o gatilho. Tudo ocorreu muito rápido, em uma fração de segundo. Houve um disparo, o rosto do soldado se banhou em sangue e ele tombou, deixando o fuzil nas mãos de sua assassina. Esta, logo se pôs a disparar contra os demais soldados, atingindo em cheio o que estava mais próximo, e forçando os demais a buscarem alguma cobertura por entre as mesas daquele refeitório.

- Vamos! - ela gritou em meio aos sons secos dos disparos do fuzil eletromagnético, o que fez com que Marcus e Klás se levantassem e corressem em direção à porta. Em seu avanço, Marcus apanhou a arma caída no chão, do outro soldado atingido pelo ataque de Ivana, e também se pôs a disparar, ajudando a manter os demais

soldados suprimidos. Karine, percebendo a movimentação de fuga, se lançou para junto deles, e os quatro foram na direção da saída.
Ivana disparava continuamente com a arma, como que descarregando junto dos projeteis toda sua ira contra Rademaker e seus homens, enquanto que Marcus, que a ajudava, disparava rajadas mais controladas, com o intuito de forçar os soldados a se manterem sob cobertura, enquanto eles se retiravam.

Marcus fora o primeiro a alcançar o limiar da porta, onde tomou posição e, mantendo o fogo de supressão, indicou a Karine e Klás que passassem para o lado de fora. Tal momento coincidira com o que os soldados começaram a revidar o fogo, atirando de detrás das mesas que usavam como proteção. Alguns projeteis resvalaram próximos a Marcus, forçando-o a se lançar porta afora, enquanto Ivana ainda mantinha fogo constante contra os soldados. Vendo o contra-ataque dos soldados contra Marcus, ela tomou a posição dele em frente a porta, disparando continuamente, enquanto gritava para que seus companheiros continuassem a fuga. Foi neste instante que uma bala lhe atingiu a coxa direita, um jorro de sangue espirrou em todas as direções. O impacto a desequilibrou, derrubando-a violentamente para trás, fazendo-a cair sentada no corredor, de frente para a entrada do refeitório, batendo as costas contra a parede oposta. Sem hesitar, ela voltou a apertar o gatilho e mais uma longa rajada foi disparada para o interior do refeitório.

Aparentemente, como atestara um grito de dor emitido no interior do salão, neste ataque ela atingira mais um dos soldados. Porém, pouco após isto, o desesperador som mudo de arma vazia ecoou do rifle que ela empunhava, sendo ouvido tanto no corredor pelo qual seus amigos fugiam, quanto no interior do refeitório de onde haviam saído. Em um instante eterno, a garota encarou os soldados no interior do refeitório se levantando de detrás de suas coberturas, empunhando suas armas com sorrisos maliciosos e olhares vingativos.

- Ivana! - Klás gritou, indo em sua direção e fazendo-a virar o rosto em sua direção, o olhar de ambos se encontraram enquanto os disparos que resvalavam nos arredores dela aumentavam de intensidade. Fora um simples instante, mas que, para ambos, pareceu se dar em câmera lenta, até que um estouro de sangue se deu no estômago da garota. O disparo a atingira em cheio, sendo potencialmente letal, porém, em sequência, um segundo lhe estourou o ombro direito, seguido de mais dois impactos, um no peito e o último na cabeça. Diante da execução, Klás soltou um grito de "Não!" e ameaçou se lançar na direção da amiga, sendo impedido por Marcus que, detrás dele, o puxou, gritando-lhe que precisavam prosseguir. Neste instante de indecisão, um dos soldados saiu pela porta do refeitório, encarando-os com a arma em punhos. Marcus, porém, conseguiu ser mais rápido do que ele, apertando o gatilho do rifle que segurava. Para a sorte do soldado, Marcus empunhava o rifle com apenas uma das mãos, já que a outra ainda segurava a Klás, o que o impediu de mirar com precisão ou de compensar o recuo da arma ao disparar. Assim, o soldado conseguiu se lançar de volta ao interior do refeitório, enquanto os projeteis disparados atingiam a parede do corredor e os umbrais da porta. O trio de sobreviventes se lançou em uma desesperada fuga, correndo ao longo do corredor.

Após correrem por alguns tantos metros, Marcus chamou a atenção dos demais, lhes anunciando com entusiasmo:

- Um Terminal! - e com isto se posicional à frente da tela, selecionando alguns comandos que fizeram com que a porta da secção do corredor pela que passaram se fechasse. Enquanto selecionava alguns outros comandos, ele se pôs a explicar a seus dois companheiros, que haviam se posto por detrás dele: - Vou acionar o "Modo de Segurança" da nave. Os motores se desativarão e todas as portas serão travadas, só podendo ser abertas mediante o uso de senha. Daí, apenas nós poderemos nos deslocar pela nave e Rademaker e seus soldados estarão presos...

Porém, após alguns poucos segundos (e alguns tantos hábeis comandos), Marcus acabaria por soltar um impropério, após o qual se voltou aos companheiros em nova explanação:

- O Modo de Segurança só pode ser acionado com a autorização de "super-usuário"... E os únicos com este tipo de autorização são Ivana e Iuri... - Enquanto Marcus ainda falava, os três tiveram sua atenção desviada para o som de soldados que, avançando pelo corredor, em perseguição a eles, tinham se deparado com uma porta fechada. - Vamos, temos que continuar! - Marcus finalizou sua fala enquanto se punha novamente a correr, sendo prontamente seguido pelos companheiros de fuga.

No refeitório, Rademaker encarou com desprezo os corpos dos dois soldados mortos, estirados no chão, ainda nos locais e nas posições em que tombaram, e um terceiro que, escorado em uma das mesas, recebia os socorros por parte de outros dois companheiros. Também encarou o corpo desfigurado e ensanguentado que jazia no corredor, ainda sentado no chão de frente a entrada. Após uma desdenhosa expressão em seu rosto, ele declarou, como se estivesse apenas pensando alto:

- Eles podem tentar tomar a cabine; porém conosco a bordo seria muito arriscado, então acho que o mais provável é que retornem ao hangar, na esperança de retomar a suborbital em que vieram e fugir. - ele então se voltou ao soldado mais próximo, lhe ordenando: - Contate todos, informe sobre os fugitivos, que se ponham de guarda no caminho que leva ao hangar. Se

tentarem adentrá-lo, devem ser mortos sem
hesitação.

CAPÍTULO 48

Os três fugitivos permaneciam escondidos em um pequeno depósito. Estavam abaixados e em silêncio, buscando até mesmo controlar a respiração, na esperança de se tornarem mais incógnitos. Havia passado muito pouco tempo desde que ouviram passos e vozes de soldados vindos do outro lado da porta pela qual haviam entrado. Permaneciam imóveis, na esperança de terem escapado, ao mesmo tempo em que esperavam pelo pior, de que a qualquer momento um soldado atravessaria aquela porta, pegando-os sem chance de escapatória. Porém, tal não ocorrera e os soldados pareciam realmente ter passado direto por aquela porta, indo se concentrar em outro ponto. Inumeráveis pensamentos transbordavam as mentes daquele trio, até que Marcus quebrou o silêncio, sussurrando um plano:

- Temos uma única vantagem sobre estes soldados: conhecemos a nave. Certamente eles previram que tentaríamos voltar ao hangar e retomar a suborbital, para fugirmos. É realmente o mais lógico a se fazer. Porém, eles devem esperar que o tentemos fazer pelo mesmo caminho que viemos, seguindo, desde as estâncias da tripulação, pelos corredores do convés principal, por isso eles deverão se concentrar nesta área. Mas, nós podemos ir na direção da proa, para usarmos o acesso à sala de máquinas do convés dianteiro, e de lá, atravessando as câmaras de estibordo, chegarmos ao convés inferior e ao hangar, através do acesso de manutenção. Não há como eles conhecerem todos os desvios e atalhos desta nave, a tomaram a pouco e sua preocupação fora nos capturar, não investigá-la.

- E se eles danificarem a suborbital em um esforço para impedir nossa fuga? - Klás questionou, também em um múrmuro, após ouvir o plano de seu amigo.

- Tudo o que podemos fazer é esperar que não o tenham feito. Afinal, não creio que nos reste muitas outras opções...

- Então, tudo o que nos resta é "esperar pelo melhor"?! Este é o seu plano? Ter esperança?! - Karine o questiona sarcasticamente, sem notar que seu desdém acabaria lhe fazendo elevar levemente o tom de voz, o que lhe fora prontamente demonstrado pelos companheiros com olhares aflitos em sua direção; diante do que, ela cobriu a boca com as mãos, em sinal de ter reconhecido sua falha.

- Como eu disse: não nos resta muita opção. - Marcus torna a sussurrar. - Lembre-se, duquesa, se formos pegos, seu destino será o mesmo que o nosso, já que Rademaker a quer por mártir de sua causa...

- Está bem, vamos seguir com este seu plano "esperando o melhor" - A garota anuiu, e os três seguiram, cautelosamente, em direção a outra porta do depósito, a qual os levaria em direção ao convés dianteiro.

Saindo do depósito, eles seguiram por um pequeno caminho até uma esquina, de onde puderam espiar uma ante-sala do convés dianteiro, onde se encontravam dois guardas. Um deles parecia verificar um outro caminho daquela ante-sala, enquanto o outro mexia em um terminal, estando, ambos, de costas para a direção em que o trio vinha.

- Hei, vem ver isso aqui que eu achei fuçando nos arquivos da memória da nave - o soldado que mexia no terminal chama o companheiro. - Tem um diretório inteiro com vídeos destes aqui, olha só. - ele completa, enquanto o outro se põe ao seu lado, observando também a tela. Apertando o *play* para um dos vídeos, que começa a ser reproduzido, e o som de gemidos orgásmicos de uma mulher puderam ser ouvidos, incluso pelos que buscavam passar desapercebidos, e permaneciam se ocultando por detrás da esquina do corredor pelo que vinham. Um pensamento com o nome de "Zara" surge na cabeça dos três. Porém, vendo que os dois soldados estavam se distraindo com tal conteúdo, Marcus decide tentar se esgueirar por aquela área, dobrando a esquina na qual se refugiavam e passando por detrás deles, até o corredor que ele sabia haver do outro lado, e que era, justamente, o destino que almejava. Ele seguiu sorrateiramente, acompanhando a parede, e gesticulando para que os outros dois o seguissem. Enquanto seguiam acocorados, lhes era possível escutar a conversa dos soldados enquanto assistiam ao vídeo:

- Hei, esta não é aquela moça... não lembro o nome... Acho que é Soraya alguma coisa... Que apresenta programa infantil...

- É, acho que é ela mesmo, mas nesse vídeo parece ser ela no começo de carreira...

- Olha ai, ela primeiro agradou os papais e agora os filhinhos... Ha, ha, ha!

- Ah, mas é o que as mulheres andam fazendo, fazem estes vídeos para chamarem atenção e tal, até terem uns vinte e tantos anos, quando já não são mais tão atraentes e nem conseguem mais tantas visualizações. Mas, daí, como já estão com tipo uns dez ou mais anos de "carreira", já conseguiram alguma fama e fazer uns contatos, assim conseguem arrumar outros trabalhos... Muitas aproveitam pra virarem apresentadoras, e acho que programas infantis são os menos exigentes... Se não me engano, minha filha assiste os programas dela...

- Ha, ah, vai que sua filhinha resolve seguir o exemplo profissional dela!

- Duvido que ela conseguiria um bom contrato... Se puxar pela mãe, não vai ter uma carreira muito promissora não! Ah, ah, ah.

- Mas, sério hein, como é que você foi ter filho com uma mulher daquelas...

- Tive coisa nenhuma! Tava na seca, ela foi o que me apareceu e eu fui, como qualquer um faria. Mas assim que soube que ela tinha engravidado, já entrei com aquele processo, declarando que desde que tive conhecimento da concepção optei pelo aborto da criança, e, inclusive, me dispus a arcar com todos os gastos do procedimento. E procedimento de clínica, com médicos especialistas e tudo, não estes "kits caseiros" de merda. Mas a mãe quis deixar nascer, "decisão unilateral dela, então, ela que tem que arcar com todas as responsabilidades", foi isso que a juíza declarou. Hã, quis me dar "golpe da barriga", tá achando o quê, que ainda estamos no século... - enquanto ele ainda se vangloriava de sua vitória jurisprudencial, seu comunicador auricular recebeu uma chamada, ao atender, para a sorte dos fugitivos, ele se virou para a direita, direção oposta na qual os três avançavam, permitindo a estes continuarem sem serem percebidos, enquanto seu companheiro se pôs a desligar o vídeo que assistiam, temendo que se ele fosse ouvido através do comunicador. - Aqui é alfa-kilo-um-nove-sete-quatro, prossiga. - o soldado respondeu ao chamado e recebeu as instruções, respondendo um "entendido" no final. Após desligar, repassou as informações ao parceiro: - Disseram que encontraram outro acesso ao hangar. Parece que além da porta principal, também há um tubo de desembarque, no convés superior, e nos mandaram ir pra lá, vigiá-lo.

Os dois se puseram em caminho, porém, ao se virar e olhar na direção do corredor pelo qual os fugitivos haviam chegado naquela área, um deles questionou ao outro, que já tomava o caminho para o local que lhes fora indicado:

- Aquela porta ali, do que parece ser um depósito, já estava aberta quando chegamos aqui?

- Não sei, não cheguei a verificar aquele corredor quando chegamos. Mas, deixa isso, vamos logo para onde nos mandaram, antes que o Rademaker, ou algum dos tenentes puxa-saco dele, venha nos encher. - o primeiro soldado concorda com o companheiro e ambos seguem caminho, indo na direção oposta a que os três haviam tomado, diante do que Karine chega a comentar com Marcus, sussurrando, embora sem conseguir esconder certo contentamento:

- É, ao que parece, seu plano de esperar pelo melhor está funcionando, felizmente...

CAPÍTULO 49

Na ponte de comando, sentado na que ele próprio havia considerado como sendo a "cadeira do capitão", Rademaker observava, com clara impaciência, enquanto três de seus oficiais analisavam apressuradamente um mapa holográfico da nave, buscando identificar acessos ao hangar para o qual acreditavam que os três fugitivos estavam se deslocando.

- Olhem para isso aqui. - um deles exclama, enquanto movimentava os dedos sobre uma tela que gerenciava o mapa holográfico, fazendo um *zoom* em determinada área e destacando uma porta que ali se representava.

- Parece um acesso secundário de manutenção... - um outro completa.

- Verifiquem como se dá o acesso a esta porta! - Rademaker esbravejou imperativamente, levantando-se de seu assento ao ouvir a conclusão de seus oficiais.

Nem o *kaptein*, nem os seus oficiais sabiam que, naquele exato momento, Marcus, Klás e Karine estavam se aproximando daquela mesma porta, após um apressado, embora ainda assim cauteloso, avanço por diferentes partes da nave, numa volta repleta de desvios e contornos, o que, na situação em que se encontravam, lhes significava o caminho mais seguro. Enquanto Marcus abria cautelosamente o acesso de manutenção e verificava se o hangar estava sendo vigiado, do outro lado da porta que ligava aquela área, através de um longo corredor, ao convés principal, um dos três soldados que estavam de sentinela naquela posição recebia uma mensagem, através de seu comunicador auricular, o capitão o chamava desde a ponte. Após confirmar ter recebido e compreendido a mensagem, o soldado a repassa para seus companheiros:

- Descobriram um outro acesso ao hangar, vamos entrar e comprová-lo.

A porta foi aberta e, ao adentrarem o hangar, os soldados se depararam com Marcus, acompanhado dos outros dois fugitivos, acessando um terminal (aparentemente preparando a liberação da suborbital para sua fuga). A surpresa de ambos os lados foi acompanhada pelo empunhar e engatilhar de armas. Pessoas de ambos os trios se jogaram ao chão, buscando se proteger atrás do quer que fosse, enquanto gatilhos eram pressionados e disparos resvalavam em inúmeros pontos.

- Eles só tem uma arma! - um dos soldados gritou, informando aos companheiros.

- Fogo de supressão e franquear! - aquele que os parecia liderar ordenou, diante da informação.

- Para a nave, rápido! - Marcus gritou a seus companheiros, enquanto tentava, com os disparos de sua arma, manter os soldados suprimidos na posição que tomaram, próximos a porta.

- Os tiros não vão danificar a nave? - Karine lhe questionou, enquanto tentava tomar coragem e firmar as pernas trêmulas para uma última corrida.

- Estas naves foram feitas para aguentar o impacto de micrometeoritos enquanto viajam a dezenas de milhares de quilômetros por hora, estes disparos não podem lhe causar dano!

A discussão, acompanhada de uma troca de tiros como plano de fundo, continuava enquanto Klás tomava coragem. Por fim, ele acenou com a cabeça para Marcus e se lançou na direção da suborbital, correndo o máximo que podia. O movimento atraiu a atenção e a mira dos soldados, porém Marcus conseguiu disparar contra eles, de forma a impedir-lhes de mirar precisamente. Disparos atingiram os derredores de Klás, enquanto este avançava quase que cegamente, tentando ziguezaguear, em um esforço para se tornar um alvo mais difícil. Após o avanço frenético, ele conseguiu alcançar a suborbital, a qual, por sorte, lhe escondeu da visão dos soldados. Ele se posicionou junto a entrada, girou a trava da comporta e a abriu, adentrando a nave e segurando a porta aberta, em um claro convide para que os companheiros o seguissem. Vê-lo chegar ileso à nave, e que a porta desta era mantida convidativamente aberta, concedeu uma dose de coragem a Karine que, de olhos fechados e soltando um grito que não se podia distinguir se era de encorajamento ou de desespero, saiu em disparada na mesma direção. Igual ocorrera com Klás, sua movimentação atraiu os soldados, e, novamente, a destreza de Marcus e sua arma, que cada vez mais se aproximava do estado de descarregada, conseguiu impedir uma mira precisa por parte deles. Um dos soldados tentou sair de seu abrigo e franqueá-la, porém, Marcus o percebeu prontamente, disparando algumas vezes em sua direção e, embora não o tenha conseguido atingir, o obrigou a retornar a sua cobertura. Karine correu o máximo que pôde, de cabeça abaixada e movendo os braços de forma dessincronizada. Seus pés vacilaram algumas vezes, e em mais de uma delas, ela pareceu se desequilibrar (e talvez isso a tenha ajudado a desviar de alguns projeteis disparados contra ela), porém, conseguiu chegar ilesa junto de Klás, ainda que ofegante e com o coração acelerado, de forma que não conseguiu fazer nada além de sentar-se no chão e ali ficar, quase que inerte por um bom tempo, tentando recuperar o fôlego e fazer sua pressão arterial se normalizar (sentindo, por diversas vezes, que estava prestes a regurgitar o café da manhã que havia tomado naquele dia).

Por fim, chegara a vez de Marcus correr também para a suborbital. Ele inspirou fundo, tomando fôlego e coragem, empunhou a arma junto do corpo, e se lançou à corrida. Percebendo-o, dois dos soldados se puseram a lhe disparar, enquanto o terceiro retomou o plano de lhes tentar franquear. Marcus empunhou a arma como pôde e tentou devolver o fogo que lhe era disparado. O recuo da arma, enquanto disparava, desestabilizou alguns de seus passos e fez seus braços doerem, pois tentar compensá-lo lhe exigia um bom esforço. Quando se encontrava bem próximo a nave, a munição da arma acabou, percebendo tal fato, os dois soldados se levantaram de suas coberturas e se puseram a lhe disparar ferrenhamente. Marcus soltou a arma, agora inútil, ao chão e enquanto lançava a perna esquerda a frente, para mais uma passada, ele sentiu um projetil lhe atingir a panturrilha direita. O impacto, embora de raspão, o desequilibrou. Ele, porém, conseguiu se lançar a frente, enquanto novos projeteis cortavam o ar acima dele. Caindo próximo o suficiente da porta, Klás o conseguiu agarrar e puxar para dentro da nave antes que outros disparos o atingissem. Klás buscou fechar a comporta, girando sua trava, o mais rápido que pôde e voltou-se para o companheiro que estava sentado no chão, com uma inegável expressão de dor, a pouca distância de onde estava, também sentada, a ainda ofegante Karine. Com Marcus se apoiando no ombro de Klás os dois foram até a cabine da suborbital, chegando ali, tomaram os acentos de piloto e copiloto.

- Eu nos conectei ao sistema da nave, vamos comandar o hangar desde aqui... Temos que comandar a nave para ignorar protocolos de segurança e abrir as comportas... - Marcus explicou, falando pausadamente devido a dor de seu ferimento, enquanto digitava alguns comandos no painel.

ÚLTIMO CAPÍTULO

Na ponte de comando, Rademaker, transtornado, gritava com seus subalternos, exigindo que estes detivessem os fugitivos, ao que um deles tentou lhe explicar a situação:

- A suborbital deles foi conectada diretamente ao sistema de controles do hangar, isto bloqueou o acesso com usuário e senha, não podemos ter acesso aos comandos... contornar a criptografia pode funcionar, mas leva tempo...

No hangar, do lado de fora da suborbital, os três soldados que haviam combatido com os fugitivos buscavam se aproximar dela, no intuito de forçar sua entrada. Porém, o som de grandes engrenagens sendo ativadas por detrás das paredes os fizeram cessar prontamente com este intento. Sendo capazes de prever o que estava para ocorrer e na expectativa de conseguirem deixar aquele local a tempo, eles correram na direção da porta de acesso, pela qual haviam, pouco tempo antes, adentrado. Os dois mais próximos da porta, não localizando o terceiro membro do grupo, o qual havia se lançado em uma tentativa de franquear a suborbital, lhe gritavam desesperadamente, chamando-o. Não obtendo resposta, um deles lhe gritou:

- Estamos saindo! As comportas, parece que vão abrir! Caso se abram com você ainda aqui, esvazie todo o ar dos pulmões e se agarre o mais forte que puder em qualquer coisa!

Pouco depois, de fato, as comportas do hangar começaram a se abrir, fazendo a atmosfera artificial do local ser rapidamente sugada pelo vácuo espacial. Os dois soldados, que se achavam ao lado da porta quando o vácuo começou a se estabelecer, necessitaram de um esforço sobre-humano para se segurarem nos umbrais da porta, acionar seus comandos de abertura e se lançarem para fora do hangar, fechando a porta em seguida, em claro desespero. Na cabine, oficiais temerosos informavam a Rademaker:

- Senhor, creio que a nave dos fugitivos deixou o hangar. Eles já não estão mais conectados, então, conseguimos restabelecer o controle sobre a área. Fechamos a comporta e ordenamos aos soldados mais próximos que verifiquem...

- Quero o relatório do soldado responsável, agora! - Rademaker esbravejou.

Na área do hangar, os dois soldados que conseguiram escapar, observavam-no por uma das "janelas" ao lado da porta que a pouco haviam cruzado com extremo esforço. Eles haviam recebido ordens para retornarem ao hangar e verificarem a situação detalhadamente, porém, precisavam aguardar que as comportas fossem novamente seladas e que se tornasse a injetar atmosfera no local. O soldado líder, através de seu comunicador, informava os seus superiores:

- Aqui é Mandelbrot, não há sinal da suborbital no hangar. Também não há sinal do soldado Bouligand, que acreditamos ter permanecido no hangar durante a abertura das comportas e fuga dos alvos.

Na suborbital, Marcus e Klás pilotavam, buscando se afastar o máximo possível da nave principal. Karine havia se recuperado e se juntara a eles na cabine, permanecendo em pé pouco atrás dos acentos de piloto e copiloto, chegando ali no momento de escutar o diálogo entre os dois:

- Não nos resta muita opção além de retornarmos à colônia no caótico de Murias... - Marcus concluía para Klás. - Uma vez lá, tentaremos seguir com o plano original...

- Enquanto a mim? - Karine entrou na conversa, com a voz um tanto fraca e a respiração ainda ofegante.

- Sua passagem de volta a Terra ainda está comigo... - Marcus se volta para ela. - Creio que a parte de embarcá-la de volta também continua... Uma sensação de segurança (comum aos que acabam de passar, ou acreditam já ter passado, por uma situação de perigo) envolveu os três, enquanto a suborbital era lentamente direcionada na direção da superfície de Europa, buscando localizar ali o seu destino. Porém, esta sensação acabaria lhes anestesiando, quase como que lhes fazendo esquecer que ainda estavam a poucas centenas de quilômetros (o que, para os padrões siderais, é bem pouco) de uma nave que, embora anteriormente pertencessem a eles, agora estava repleta e comandada por soldados, que já não buscavam mais apenas capturá-los, mas também por se vingarem deles. Na ponte desta nave, um dos oficiais, após receber uma mensagem pelo comunicador, informa ao *kaptein*:

- A torre da gávea confirmou localizá-los, estão a cerca de mil quilômetros da popa, e se afastando rumo bombordo, aparentemente em direção à superfície.

- Vire a nave contra eles e os acertem! - Rademaker esbravejou, não disfarçando um sorriso de sádico contentamento, sendo que alguns de seus oficiais cometeram o erro de lhe retornar um olhar questionador, que mesclavam perguntas de "como?", "com o que?" e "isto é realmente necessário?", ao que, com clara indignação, ele gritou imperativamente: - Lance esta nave contra eles, somos mais rápidos e, pelo menos, umas cinquenta vezes maiores, o impacto os destruirá, danificará ou, ao menos, os lançará fora de órbita... de qualquer jeito nos livramos deles! E é isto que estou mandando, que se livrem deles!

Na suborbital, a atenção de todos seria atraída por um alerta de proximidade acionado no painel.

- Viraram a nave e estão vindo em nossa direção... - Marcus exclamou. - Acho que tentarão nos acertar...

- Cerca de dois minutos para o impacto. - Klás informou, sem esconder certo desespero que o tomava.

- Temos que fugir! - Karine concluiu, sentindo uma vontade enorme de dizer algo, porém sem ter certeza alguma de o quê e se seria realmente necessário.

- Não tem como fugir! - Marcus informou. - Eles estão numa interplanetária, a velocidade média deles é, no mínimo, dez vezes maior que nossa velocidade máxima!

- E se apenas desviarmos... - Klás propôs com nítida insegurança. - Poderíamos acionar a potência máxima, então cortar os motores principais, acionando os propulsores laterais de manobra em apenas um dos lados...

- Você está sugerindo "derrapar" com a nave?! - Marcus o interrompeu com uma conclusão que fez Klás se retrair, demonstrando reconhecer o quanto sua ideia parecia estúpida quando posta nestes termos. Porém, antes que ele tivesse tempo de argumentar qualquer coisa (ele aparentava estar se preparando para pedir desculpas por ter sugerido tal tolice), Marcus retomou: - Isto soa bem idiota, mas pode funcionar... Embora sejam mais rápidos do que nós, o tamanho lhes torna bem menos manobráveis, uma mudança brusca de direção pode nos dar uma chance de despistá-los. Vamos tentar, até porque não temos outras opções mesmo – ele concluiu acionando a potência máxima das turbinas principais e indicando ao amigo que iniciasse os comandos dos propulsores laterais. - Ok, quando eu desligar o motor principal, acione os laterais no máximo! - ele instruiu pouco antes de gritar um "Já" para realizarem a ação.

O corte abrupto das turbinas principais, acompanhado do ligar dos propulsores laterais de bombordo fez realmente com que a nave suborbital realizasse um movimento em arco brusco, e mais do que isto, acabou desnivelando-a, inclinando, fortuitamente, sua parte frontal para a superfície da lua a qual se dirigiam. No momento em que Marcus percebeu a mudança de direção, ele religou os motores principais em máxima potência, lançando a nave para frente velozmente, retirando-os da rota de colisão da interplanetária e permitindo-lhes passar por ela a uma distância de poucos quilômetros de seu casco (o que, embora fosse mais que o suficiente para salvar-lhes da colisão, chegou a ser suficiente para que a ação gravitacional da nave maior os desestabilizasse levemente).

- O que aconteceu?! - Rademaker, na ponte de comando, e mais transtornado do que nunca, questionava seus oficiais.

- Ao que parece... - um dos oficiais o respondeu temerosamente, engolindo em seco antes de completar a informação – eles escaparam, senhor.

EPÍLOGO

Em um vídeo de um canal de notícias, a imagem gerada por computação gráfica que representava uma bela jornalista, informava, enquanto imagens do fato ocorrido apareciam em uma tela secundária ao seu lado:

- Hoje mais cedo, na lua jupiteriana de Europa, o descarrilamento de um maglev, na região de Tara, causou 27 mortes e um número ainda não divulgado de feridos. Entre os mortos, se encontra o governador da colônia no caótico de Murias, Yosef Long. O excêntrico governador, que ficou conhecido por seus constantes desentendimentos com a administração colonial da União, estava viajando para a colônia na cratera de Brigid, tendo a finalidade de participar de uma reunião com outros governadores coloniais, na qual se definiriam políticas de cooperação e mútua assistência entre suas colônias. A pouco mais de uma hora, o vice-governador Christian Chu-Wong, que, com a morte de Long, assumirá o governo interino da colônia em Murias, realizou uma coletiva para se declarar sobre o incidente. O vídeo da coletiva nos foi transmitido a pouco; - a imagem da jornalista é então substituída pelo vídeo da entrevista, onde um homem de traços orientais, calvo, magro e já apresentando umas tantas rugas e marcas de expressão no rosto declarava à impressa:

- As investigações preliminares apontam que o descarrilamento se deu por conta de um curto-circuito que causou uma rápida, porém, como pudemos constatar, catastrófica, inversão de polaridade no trecho do trilho magnético o qual, infelizmente, o maglev estava atravessando no momento. Segundo nos indicam os laudos apresentados, tal falha se deu por uma rotina de manutenção ineficiente. Com o intuito de evitar novas tragédias como esta, já estamos fechando contrato com uma nova empresa especializada, que assumirá a manutenção dos trilhos magnéticos em nossa região, assumindo diretrizes bem mais severas. Esta maior rigorosidade garantirá maior segurança para todos que necessitem viajar entre as colônias de nossa região. - houve um rápido retorno para a imagem da jornalista virtual, a qual comentou: "- O novo governador também discorreu sobre assumir o governo da colônia" - um novo corte fez a entrevista de Chu-Wong retornar à tela no trecho em que ele dizia: - Minha administração buscará uma maior conciliação com os escritórios de administração colonial da União, na Terra, buscando sempre o mútuo benefício e evitando o máximo discussões desnecessárias que, infelizmente, marcaram a administração anterior.

A imagem da entrevista deixava entender que o vídeo (e, consequentemente, a entrevista) teriam continuado, porém um novo corte (provavelmente devido os roteiristas do noticiário acharem irrelevantes as demais informações divulgadas na entrevista, ou, melhor, por acharem que elas não atrairiam audiência suficiente) fez retornar a imagem da jornalista virtual, que noticiava:

- Agora, nos mantendo nas notícias advindas de Europa, atualizações sobre o caso do sequestro da duquesa Karine Innaz de Ortega e Palus. Como já fora noticiado nos últimos dias, a nave dos sequestradores fora localizada e abortada pelo grupo militar liderado pelo capitão Cæsar Rademaker, ocasionando um confronto armado, com baixas em ambos os lados, e a fuga de dois dos sequestradores, ainda em posse da refém. Hoje nos foi confirmado que a nave suborbital utilizada na fuga fora encontrada. Ela fora abandonada em um dos distritos industriais da colônia no caótico de Murias. Os sequestradores já a haviam deixado. Nos foi confirmada, também, a libertação da duquesa cativa. Aparentemente, os sequestradores concluíram que não conseguiriam os fins desejados com tal crime e, por isso, a liberaram. Segundo informações, Karine já está a bordo de uma nave, em viajem de regresso à Terra. Um assessor da família nos informou já ter entrado em contato com ela, que, embora não tenha sofrido qualquer dano físico, se encontrada emocionalmente abalada devido à experiência traumática que sofrera. Entrevistas com ela só serão permitidas após o desembarque e a avaliação da jovem por médicos especializados. A chegada da nave na qual ela viaja está prevista para o início de maio...